Kimberly Knight

ENCONTRANDO Spencer
B&S 1.5

Editora Charme

Copyright© 2014 Kimberly Knight
Copyright© 2014 Editora Charme

Todos os direitos reservados.
Nenhuma parte deste livro pode ser reproduzida, digitalizada ou distribuída de qualquer forma, seja impressa ou eletrônica, sem permissão. Este livro é uma obra de ficção e qualquer semelhança com qualquer pessoa, viva ou morta, qualquer lugar, evento ou ocorrência é mera coincidência. Os personagens e enredos são criados a partir da imaginação da autora ou são usados ficticiamente. O assunto não é apropriado para menores de idade. Por favor, note que este romance contém palavrões, situações sexuais explícitas e consumo de álcool.

2ª Impressão 2014

Produção Editorial - Editora Charme
Capa arte © por Knight Publishing & Design, LLC e E. Marie Fotografia
Fotógrafo - Liz Christensen
Modelo masculino capa - David Santa Lucia
Modelo feminino capa - Rachael Baltes
Tradutora - Cristiane Cesar

Este livro segue as regras da Nova Ortografia da Lingua Portuguesa.

CIP-BRASIL, CATALOGAÇÃO NA PUBLICAÇÃO
SINDICATO NACIONAL DE EDITORES DE LIVROS, RJ

Knight, Kimberly
Encontrando Spencer / Kimberly Knight
Titulo Original - Finding Spencer
Série B&S - Livro 1,5
Editora Charme, 2014.

ISBN: 978-85-68056-06-6
1. Romance Estrangeiro

CDD 813
CDU 821.111(73)3

www.editoracharme.com.br

Kimberly Knight

ENCONTRANDO Spencer
B&S 1,5

Tradutora: Cristiane Cesar

Atenção:

Está é a sequência de **Tudo o que eu preciso** (livro 1 da série B&S) e recomendamos a leitura seguindo esta ordem. **Encontrando Spencer** é a história narrada pelo ponto de vista masculino e não descreve todos os detalhes da história do livro um.

Dedicatória

*Para todos que se apaixonaram por
Brandon Montgomery!*

Um

A dor é inevitável.
O sofrimento é opcional.

Alguma vez você já pensou que precisa abrir mão de certas coisas?

Eu sou um empresário bem sucedido, mas a minha vida amorosa anda terrível. Estou saindo com uma mulher com quem não tenho nada em comum e, todas as vezes que tento terminar o nosso relacionamento, ela manipula a situação a favor dela e nós temos uma maldita foda de "reconciliação".

Tenho certeza de que ela é bipolar e não foi diagnosticada, ainda. Num minuto, estamos assistindo a um dramático reality show - não que eu tenha escolhido - e, no minuto seguinte, ela está me acusando de traí-la. Ela parece um disco arranhando, e estou cansado de ouvir isso.

— Querido, onde vamos jantar hoje à noite? — Christy, minha futura-ex-de-novo, perguntou.

— Não vamos. Tenho que trabalhar. Até tarde.

Eu tenho recorrido a frases curtas e incompletas com ela. Não importa o que eu diga, ela consegue mudar o rumo da conversa e me convence a fazer o que ela quer. Eu provavelmente poderia falar japonês, que ela imaginaria que eu disse que queria casar com ela, ao invés de romper esse relacionamento. Eu precisava de um plano para tirá-la da minha vida definitivamente - e rápido!

— Você, agora, sempre tem que trabalhar até tarde. Eu pensei que você queria passar mais tempo comigo. — Christy fez beicinho, destacando seu lábio inferior.

Passar mais tempo com ela? Ela bebeu? Claro que não! A minha sorte é que eu nunca lhe dei a chave da minha casa ou ela estaria aqui todas as noites. Ela só estava comigo hoje porque eu estava com um tesão do caralho e cedi à tentação - de novo. Eu sempre cedia a ela porque o trabalho me estressava e eu precisava de sexo para relaxar.

— Jason e eu estamos ocupados. Estamos tentando abrir uma nova academia, você sabe disso.

Isso era apenas uma desculpa. Sim, Jason e eu estávamos abrindo uma nova academia, mas a maioria dos nossos negócios eram feitos durante o horário comercial, e, se eu recebesse um e-mail depois disso, respondia do meu celular ou de casa. Eu saía do trabalho, normalmente, por volta das dezoito horas, mas eu estava tentando ficar o máximo de tempo possível longe de Christy. Eu não sabia mais o que fazer. Eu não queria me mudar. Eu adorava o meu apartamento mas, neste momento, me mudar poderia ser a minha única opção.

Eu não gostava mais dela. Ela não era realmente o meu tipo. Eu sempre tive uma queda por morenas, e Christy era loira e excessivamente exibida e dramática, e eu queria me matar por isso. Eu amava atividades ao ar livre, esportes, pôquer - Christy odiava tudo isso.

— Tudo bem, eu apareço hoje à noite, quando você já estiver em casa.

— Christy, por favor. Eu preciso de uma noite sozinho.

— Que merda é essa, Brandon? Por que você está agindo como um idiota comigo?

— Eu não estou agindo como um idiota. Eu só preciso de um pouco de espaço.

— Você está terminando comigo? Você está me traindo?

A primeira vez que Christy perguntou se eu estava terminando com ela, eu cometi o erro de dizer "sim". Eu não vou cometer esse erro novamente. Suas unhas machucam!

— Eu não estou te traindo. Eu só preciso de uma noite sozinho. Saia com seus amigos. Você sabe que as segundas-feiras são atarefadas pra mim.

— Tudo bem, mas eu quero você só pra mim neste fim de semana, já que no próximo você vai para Vegas — ela disse, se aproximando para me dar um beijo.

Cada pedacinho meu tentou não estremecer com seu toque. O que estava acontecendo? Eu não conseguia suportar ser tocado por ela, mas ontem à noite, eu cedi e gozamos juntos.

Eu tinha certeza de que Deus estava do meu lado quando eu perguntei a Christy se ela queria ir a Vegas com a gente, há algumas semanas, para a festa de aniversário do meu amigo. Christy só queria ir se fôssemos a um clube noturno. Eu disse que íamos jogar pôquer; ela arrebitou o nariz e fez beicinho por horas, e em seguida, me acusou de que eu iria traí-la - futuramente. Esse deveria ter sido o meu "aviso" para cair fora, mas às vezes eu não escuto. Christy só tem sido problema para mim e nada mais.

Eu não respondi sobre ela ficar comigo no fim de semana. Eu não ia fazer promessa alguma. Eu precisava conversar com Becca, uma das minhas melhores amigas, e lhe perguntar como eu poderia me livrar de Christy - definitivamente.

— Você está com algum problema? — Jason, meu melhor amigo, perguntou quando se inclinou para dentro do meu escritório.

— Christy... — eu suspirei.

— Eu pensei que você tivesse terminado com ela?

— Eu tentei... de novo.

Jason se sentou na cadeira em frente à minha mesa. Somos amigos desde a faculdade. Ele conheceu sua esposa, Becca, na faculdade A&M, do Texas, onde todos nós estudamos, e nós três nos tornamos amigos desde então. E somos sócios. Eu fui seu padrinho de casamento e morei com eles, no início, quando nos mudamos para São Francisco.

Eles acompanharam todos os meus altos e baixos, especialmente na faculdade, quando um idiota começou uma briga comigo e Jason, e quebrou minha coluna porque o nosso treinador de futebol me escalou como quarterback[1] titular e não ele. Jason e Becca eram mais do que amigos, eles eram como irmãos para mim.

---

1 Posição do futebol americano, em que o jogador membro da equipe ofensiva do time e sua função dar o início às jogadas e fazer passes.

— O que aconteceu dessa vez? — Jason perguntou, cruzando os braços sobre o peito.

— Quando eu disse que queria terminar, ela chorou e não quis ir embora do meu apartamento.

— Expulse-a da sua casa

— Eu tentei — falei, enterrando minha cabeça em minhas mãos. — Ela simplesmente me segue pela casa e, em seguida, implora e suplica - prometendo todos os tipos de atos sexuais, que ela acaba não fazendo.

Jason se escangalha de rir. — Cara, isso é bom!

— Vai se foder — eu digo, jogando minha caneta nele.

— O que há de tão engraçado aqui? — Becca perguntou, entrando no meu escritório.

— Brandon não consegue se livrar de Christy — Jason disse à sua esposa.

Eu fiz um breve resumo à Becca sobre a minha *namorada* obcecada, enquanto ela e Jason riam de mim. De certa forma, é uma merda ser solteiro, às vezes. Eu sempre desejei ter o que eles tinham, mas não tive tanta sorte. Eu cheguei perto, uma vez, mas depois descobri que a garota me traiu numa noite de bebedeira, e desde então venho protegendo o meu coração.

Eu namoro Christy há poucos meses. Eu não a amo. Nunca a amei. Eu nem sei ao certo o que me atraiu nela. Ela nem é meu tipo. Eu quero uma garota que seja simples, que ame esportes, não se importe se eu for praticar mountain bike com Jason todo fim de semana e que me queira por mim e não pelo meu dinheiro ou por uma adesão permanente na academia.

Você poderia pensar que eu tenho um monte de mulheres em cima de mim, me bajulando. Vivo tão ocupado com o trabalho que não tenho tido tempo para sair e conhecer outras pessoas. Era fácil chamar Christy quando eu precisava transar, mas chegou a um ponto em que ela me dá arrepios.

Eu a conheci em um bar, numa noite. Talvez tenha sido a maneira como ela esfregou sua bunda no meu pau que me fez querer foder com ela naquela noite - sim, foi isso, mas desde então, eu não consigo me livrar dela.

— Quem sabe não esteja na hora de conseguir uma ordem de restrição? — questionou Becca.

— Ou voltar pra Austin — disse Jason.

— Eu não vou voltar para o Texas. Eu gosto daqui. Além disso, o Giants é muito melhor do que o Astros.

— Mas eles têm o nosso Cowboys — disse Jason, enquanto Becca olhava para o celular.

— Você quer que eu administre a academia de Austin novamente? — eu perguntei.

Atualmente, temos quatro academias. Uma em Austin, uma em Houston, uma em Denver e uma aqui em São Francisco. Em janeiro, esperamos abrir uma nova filial, em Seattle. A propriedade atual está em execução hipotecária e o nosso corretor, Paul, está trabalhando duro para conseguirmos um bom negócio. Tudo está incluso na venda, já que o imóvel é atualmente uma academia, por isso não vamos ter que gastar muito tempo estruturando tudo. Nós apenas precisamos adicionar nossas marcas registradas como o SPA, o vôlei de praia e quadras de basquete, e ampliar nosso horário de funcionamento para 24 horas por dia.

— Você não vai voltar para o Texas — Becca afirmou. — Você vai fazer o seguinte: diga aos seus porteiros para não deixá-la en...

— Já fiz isso — eu disse, cortando-a. — Mas, de alguma forma, ela consegue entrar.

— Diga a eles que se a virem na propriedade, chamem a polícia na mesma hora. Diga isso a Christy também. Diga que se ela aparecer novamente, a polícia será chamada e você conseguirá uma ordem de restrição.

— Isso é tão cruel — eu disse.

— É isso ou ela dormindo na frente da sua porta, todas as noites.

— Por que eu sempre me meto com gente louca?

— Sua sorte vai mudar, B. Você só precisa que Christy saia de cena para aquela pessoa especial entrar na sua vida — Becca disse, dando um tapinha no meu ombro para me consolar.

Christy: *Que horas você vai sair?*

Jesus Cristo! Não tivemos essa conversa hoje de manhã? Não vou responder.

E não respondo.

Ela mandou outro SMS.

Christy: *Eu já estou com saudade. Não consigo ficar uma noite sem você.*

Eu gemi, jogando meu celular em cima da mesa e continuei trabalhando.

Christy: *Por que você não me responde? É melhor não estar me traindo. Vou caçar essa vadia!*

Decido mandar um SMS de volta. Com a minha "sorte", ela apareceria na academia e faria uma grande cena. Nossos clientes não podem ver essa merda.

Eu: **Eu não estou te traindo. Estou no trabalho. OCUPADO!**

Christy: *Eu estarei na sua casa hoje à noite, às dez em ponto.*

Sério, por que eu só atraio as mulheres mais pegajosas do mundo? Puta que pariu!

Eu: **Talvez eu não vá pra casa.**

Christy: *Eu vou para a academia.*

Não!

Eu: **Talvez eu não fique na academia também.**

Christy: *Então você ESTÁ me traindo?*

Eu: **Christy, eu tenho amigos... Não apenas você. E não, pela última vez, eu não estou te traindo. Tenho uma reunião.**

Christy não respondeu de volta. Eu já sabia que ela estaria no meu prédio quando eu chegasse lá. Eu precisava ser a porra de um homem e terminar com ela para sempre. Eu precisava ouvir a minha cabeça e o meu coração - não o meu pau.

Às cinco e meia, Jason enfiou a cabeça no meu escritório. — Vou pra casa.

— Eu também. Vou romper com Christy, definitivamente, esta noite.

— Certo... — Jason disse com uma risada.

— Como está lá fora? Acho que preciso queimar minha energia reprimida para que eu não concorde em deixá-la chupar meu pau.

Sendo uma academia razoavelmente nova na área, Jason e eu liberamos duas semanas de passes livres, para que as pessoas conhecessem o nosso trabalho. Nós esperávamos um grande público no turno da noite, o que, realmente, tinha acontecido nas últimas semanas. Cada segunda-feira parecia trazer mais pessoas, tentando iniciar sua semana com o pé direito.

— Bastante cheio, mas não lotado.

Nós saímos do meu escritório, que tem uma vista panorâmica para o andar de baixo. Examinei a área, vendo as pessoas aproveitando nosso smoothie bar[2], em pé na fila para jogar squash e apreciando nossos equipamentos e pesos.

— Legal. Vou malhar.

Geralmente, nós não malhávamos quando estava movimentado, mas eu realmente precisava colocar a minha cabeça no lugar. Uma boa corrida sempre me relaxava.

Corra, Brandon, nada de sexo!

Enquanto eu continuava a observar o andar, meu olhar desviou para as esteiras para ver se alguma estava livre. Foi quando eu a vi.

— Você já a viu antes? — perguntei a Jason.

— Quem?

— Ela. — Apontei para a morena que eu nunca tinha visto antes, correndo na esteira.

— Não, nunca. Por quê?

— Porque vou me casar com ela — falei, indo embora sem esperar que ele respondesse.

---

2   Bar especializado em bebida gelada a base de suco de frutas, sorvete e iogurte.

Dois

*A dor é inevitável.
O sofrimento é opcional.*

Enquanto eu descia as escadas ouvindo Jason dizendo "espera", meu coração estava acelerado.

Vou me casar com ela? De onde veio essa merda?

Agora que eu falei, não tinha mais como voltar atrás. Quer dizer, ela não parecia louca, e eu já conhecia uma. Por causa de Christy, agora eu já conseguia reconhecer uma pessoa louca a menos de um quilômetro de distância. Se Christy entrasse naquele momento, eu fingiria que não a vi, ou que não a conhecia. Eu faria alguém acompanhá-la para fora, porque estou decidido que não a quero mais, nunca mais. Eu finalmente consegui enxergar outra pessoa - sentir a emoção de conhecer alguém, ao invés de ficar preso a uma loira que sorrateiramente caminhava para minha cama quase todas as noites.

Havia algo especial no olhar da menina correndo na esteira. Eu nunca a vi antes, mas eu sabia que ela malhava regularmente, apenas pela sua forma. Via centenas de mulheres que malhavam, no meu dia a dia, mas essa menina - era hipnotizante. O empresário em mim queria saber por que ela escolheu o *Club 24*, mas o homem comum apenas desejava conhecê-la.

Eu não queria interromper seu treino. Quer dizer, eu podia ter puxado uma conversa com ela na qualidade de proprietário/funcionário do *Club 24*, mas já tinha passado das cinco e decidi que já tinha encerrado meu expediente. Enquanto eu caminhava por trás dela, olhei sua bunda na calça de yoga preta. Ela definitivamente malhava regularmente - meu pau podia confirmar isso.

Olhei para cima e vi Jason me olhando. Ele provavelmente estava pensando no porquê eu disse que ia casar com essa menina. Eu não a conhecia, nunca tinha falado com ela ou a visto antes, mas lá estava eu, prestes a pisar na esteira e fazer a minha jogada.

Dando a Jason um aceno, pisei na esteira ao lado dela. Quando ela, rapidamente, olhou para mim, todos os pensamentos me escaparam, com exceção da sua beleza, que me tirou o fôlego. Eu nunca tinha experimentado as emoções que eu senti naquele momento. Eu era um cara - um cara viril, mas o olhar dessa estranha me fez perder toda linha de raciocínio.

Eu tentei captar os traços do rosto dela, mas a forma como seus peitos e bunda balançavam enquanto ela corria, estava realmente fodendo com a minha cabeça - e a minha língua. Tudo o que eu conseguia fazer era sorrir para ela; eu não conseguia falar. Meu trabalho era conversar com as pessoas enquanto elas malhavam, mas eu não conseguia formar uma frase completa na minha cabeça, sem soar como um completo idiota.

O que havia de errado comigo?

Seu cabelo castanho estava preso em um rabo de cavalo

que balançava de um lado para o outro sobre seus ombros, enquanto ela corria, e eu tentei não olhar - eu realmente tentei, mas continuei olhando pelo espelho à minha frente. Era impossível não olhar. Ela me pegou olhando algumas vezes, e eu apenas sorria, como um completo idiota. Quando ela sorriu de volta, eu tropecei, como se eu nunca tivesse corrido na vida. Foi como na primeira vez que eu tentei correr, depois que minha coluna se curou, após o acidente na faculdade. Esta menina estava fodendo comigo, e eu ainda não tinha sequer trocado uma palavra com ela.

Olhei de relance para Jason e ele começou a rir de mim.

Bastardo do caralho. O que eu estava fazendo?

Não é como se eu estivesse sendo infiel. Christy era passado para mim, mas sabia que ela estaria no meu apartamento quando eu chegasse em casa - esperando por mim, na minha porta. Eu precisava terminar com ela de uma vez por todas. Fazê-la entender que o término era oficial. Não consigo acreditar no tempo que eu arrastei isso com ela - e apenas por sexo.

Enquanto eu corria na esteira, roubando olhares dela, tentei encontrar uma maneira de falar - fazê-la perceber que eu estava interessado, mas sem a convidar para sair, ainda.

Maldita Christy.

Christy disse que me amava, uma semana depois que nós começamos a namorar. Eu deveria ter percebido, então, que ela era louca. Quem se apaixona depois de uma semana de namoro? Talvez eu me apaixonasse pela mulher certa, mas Christy não era *ela*. Eu não poderia ficar com alguém que era instável como ela. Ela precisava de ajuda - ajuda médica, mas ela não queria me ouvir. Era melhor eu simplesmente cortar os laços e seguir em frente.

Seguir em frente para *ela*.

Eu estava finalmente juntando coragem para me aproximar dela. Eu poderia falar com ela e perguntar se ela estava gostando do *Club 24* até agora, mas antes que eu conseguisse abrir a boca, ela desligou a esteira, se secou e saiu.

Eu a observei. Não havia nenhuma chance de fingir agora que eu não estava olhando para ela durante os últimos vinte minutos. Ela provavelmente tinha namorado. Nenhuma mulher sexy como essa é solteira, mas eu precisava saber. Amanhã eu iria falar com ela.

Enquanto a via caminhar por trás das outras esteiras, ela se virou e olhou por cima do ombro, diretamente para mim. Nossos olhares se encontraram, e idiota como eu era, apenas sorri para ela.

Eu nunca sorri tanto como nos últimos vinte minutos.

Na hora que finalizei o meu exercício, Jason já tinha ido embora. Pensei em sair com Ben, que era nosso amigo e fornecedor, ou Jay, que era um personal trainer na academia, mas eu precisava colocar, de uma vez por todas, um ponto final na minha situação com a Christy.

Pensei em um bom plano enquanto corria, agora que *ela* não estava correndo ao meu lado e fodendo com os meus miolos. Eu precisava ouvir Becca. Eu ia ameaçar Christy com uma ordem de restrição, se fosse necessário, porque esse era, provavelmente, o único jeito dela me deixar em paz.

Quando peguei minha mochila para sair da academia, enviei um SMS para Christy.

Eu: **Estou saindo do trabalho e a caminho da sua casa.**

Christy: *Estou na sua casa.*

Claro que ela está.

Eu: **Venha para a sua casa.** *É mais perto* **para mim.**

Eu não sabia se era mais perto ou não, mas eu sabia que ela faria o que eu quisesse. Isso era realmente triste. Eu me senti mal, mas eu não era a pessoa certa para ela. Ela não era a pessoa certa para mim - agora eu só precisava convencê-la disso e para sempre. Era melhor terminar tudo na casa dela. Ela daria um jeito de não sair da minha e nós brigaríamos.

Esperei por Christy no meu Range Rover na frente da casa dela, sonhando com os olhos castanho chocolate da menina da esteira. Fazia muito tempo desde que eu me senti assim por alguém, e eu nem sabia o nome dela. Eu não sabia como era a sua voz. Não sabia se ela era solteira. Não sabia a idade dela. Eu nem sabia se ela gostava de *"homens"*. Risque isso, ela gosta, eu tinha certeza pelo jeito que ela sorriu para mim.

Enquanto eu esperava, recebi um SMS de Jason.

Jason: *E aí?*

Eu: **E aí, o quê?**

Jason: *Convidou a gostosa para sair?*

Eu: **Não.**

Jason: *Ela não estava interessada?*

Eu: **Eu não falei com ela.**

Jason: *Você é um viadinho.*

Eu: **Vai se foder! Me deixe em paz, estou esperando a Christy pra que eu possa terminar com ela definitivamente.**

Jason: *Ou ter o seu pau chupado.*

Eu: **Porra nenhuma! Acabou de verdade. Ela é louca! Falando na louca, eu tenho que ir.**

Eu não esperei Jason responder o SMS de volta. Christy entrou na garagem, e eu saí do carro, pronto para terminar logo com essa merda de uma vez por todas. Por sorte, me pareceu que sua colega de casa, Dawn, não estava em casa. Eu não precisava das duas se voltando contra mim.

— Ei, querido — disse Christy, saindo do carro e vindo em minha direção, para me abraçar.

Eu dei um passo para trás, não querendo qualquer contato. — Estou todo suado.

— Eu gosto de você suado.

— Nós precisamos conversar.

— Você está... você está terminando comigo? — ela bufou, o rosto ficando vermelho.

— Vamos entrar — eu disse, alcançando a mão dela, para guiá-la para dentro de casa.

— Você está terminando comigo, não é? — ela perguntou de novo, levantando mais a voz e tentando puxar a mão da minha.

— Christy, abra a porta, por favor — eu disse apontando para a maçaneta da porta quando nos aproximamos.

Ela finalmente pegou as chaves da bolsa e abriu a porta e o cheiro de maconha me bateu na cara. Christy e sua companheira de apartamento, Dawn, gostavam muito de fumar. Eu não. Eu não usava qualquer tipo de droga - eu não preciso disso. Eu não me importava que Christy fosse maconheira; de fato, isso a deixava mais suave, e eu poderia administrar melhor suas mudanças de humor, com ela alta.

— Por que você está terminando comigo? — ela perguntou, batendo a porta atrás de si.

— Eu não sou a pessoa certa para você — respondi, virando-me para encará-la enquanto ela permanecia na porta. Eu sabia que ela estava ali de propósito para que eu não pudesse sair. Mal sabia ela que isso não funcionaria desta vez.

— Sim, você é.

— Vem, senta aqui. — Eu caminhei até o sofá e fiz um gesto para ela se sentar ao meu lado.

Ela não se moveu. — Eu não quero.

— Ok, bem, eu não posso mais continuar com você.

— Por quê?

— Sou muito ocupado para ter uma namorada.

— Isso não faz sentido — ela bufou, revirando seus olhos azuis.

— Você sabe que eu estou atarefado com a academia de Seattle. Assim que conseguirmos o prédio, eu vou estar sempre viajando. É melhor nós terminarmos tudo agora, antes de aprofundarmos a relação.

— Aprofundar a relação? O que isso significa? — A voz de Christy estava ficando mais alta. Eu sabia que a qualquer momento ela explodiria. Nas vezes que tentei terminar com ela antes, foi a mesma coisa. Ela não conseguia conversar comigo como uma pessoa racional. Ela não conseguia entender meus pensamentos, meus sentimentos, meus argumentos. Ela simplesmente não se importava. Se não fosse como ela queria, então ela surtava.

— Você precisa encontrar alguém que te ame. — No momento em que a palavra com "a" saiu da minha boca, eu sabia que estava no caminho certo. Eu nunca disse a Christy que a amava. Eu não a amo. Ela me dizia o tempo todo, mas eu nunca disse de volta.

— Por que você não me ama? Por que não sou suficiente para você?

— Nós não temos nada em comum, e eu não me sinto da mesma forma — eu disse, encolhendo os ombros.

— Temos muito em comum.

— Como o quê? — eu a desafiei.

— Como... você gosta de receber sexo oral e eu gosto de

te dar sexo oral.

— Não vire isso para o lado sexual. Não vai funcionar dessa vez.

— Isso sempre funciona. — Ela sorriu.

Dr. Jekyll e Mr. Hyde³, eu juro.

— Não desta vez. Ouça, realmente acabou - definitivamente.

— Eu não acredito em você.

— Eu não sei quantas vezes mais e de quantas maneiras mais eu posso te dizer que acabou. Realmente acabou. Por favor, pare de me ligar, pare de me enviar mensagens de textos, pare de ir à minha casa e não apareça mais na academia.

— Por que você está agindo como um babaca? — ela perguntou, uma lágrima escorrendo pelo rosto.

— Eu não estou agindo como um babaca. Sinto muito, mas isso simplesmente não dá mais certo entre nós. Não há futuro para nós.

— Há mais alguém, não é? Eu sabia que você estava me traindo! — Christy gritou, suas mãos e os braços gesticulando.

Normalmente eu respondia que não, quando ela me acusava de traição, mas nunca funcionou antes. — Sim.

— O quê? — Sua cabeça se voltou na minha direção, me olhando com os olhos semicerrados, e eu sabia que as garras

---

3   Filme norte-americano Strange Case of Dr Jekyll and Mr. Hyde . Aqui no Brasil, O M dico e o Monstro . O impacto do romance foi tanto que se tornou parte do jarg o ingl s, com a express o Jekyll e Hyde usada para indicar uma pessoa que age de forma moralmente diferente dependendo da situa o.

Encontrando Spencer   25

estavam saindo. — Há mais alguém?

— Sim.

Três

*A dor é inevitável.
O sofrimento é opcional.*

O rompimento com Christy correu como esperado. Eu repeti a mesma coisa várias vezes até ela dormir no sofá, de tanto chorar, e então eu saí. Ela continuou a aparecer no meu apartamento algumas vezes, ligava sem parar e, em algumas vezes que eu estava livre para malhar com a garota que eu ainda não tinha conversado, Christy apareceu e eu tive que acompanhá-la para fora da academia.

Na quinta-feira, acabei ameaçando Christy com uma ordem de restrição, mas eu não acho que tenha entrado na cabeça dela que eu estava falando sério. Ela ainda telefonou durante toda a noite, mas eu não atendi. Ir a Vegas para passar o fim de semana ia ser tranquilo. Eu estava me preparando para ficar bêbado, ganhar dinheiro jogando pôquer, e passar mais tempo com os meus amigos - além de ver algumas garotas nuas, quando fôssemos a um clube de strip, para comemorar o aniversário do meu amigo Ben.

Jason e eu fomos cedo para o trabalho na sexta-feira de manhã para que pudéssemos pegar nosso voo para Vegas a tempo. Eu ainda não tinha falado com a gata do cabelo castanho. Eu a tinha visto entrar no *Club 24* todos os dias, exceto na sexta-feira passada. Eu sei que ela gosta de fazer as aulas de kickboxing às terças e quintas, e corre na esteira no resto dos dias. O único dia que eu fui capaz de me afastar do trabalho - ou de Christy - e descer para malhar com ela foi na quinta passada. Fui para a aula de kickboxing, mas, mais uma vez, não consegui falar com ela. Eu deveria ter falado. Não imaginei que Christy ia me dar tanto trabalho. Uma semana passou e ela ainda era um pé no saco. Parte de mim também sentia que a minha chance com a morena gostosa estava se esvaindo.

Quando eu tentava descer para falar com ela, Christy aparecia. Eu via a minha gata, mas não era capaz de chegar perto. Ela estava começando a sorrir para outros caras, conhecendo melhor a academia e ficando à vontade. Nós queríamos isso para todos os membros do *Club 24*, mas eu não queria que a *minha* gata conhecesse outra pessoa.

Eu precisava tomar uma atitude.

Eu não estava certo de qual era o meu problema. Era como se ela tivesse atacado repentinamente o meu cérebro e amarrado a minha língua para que eu não conseguisse formar uma frase - não conseguia falar perto dela. Todo dia eu dizia a mim mesmo que, pelo menos, iria dizer "*oi*", mas então eu a via e... nada... ou Christy fodia tudo. Eu me sentia como um adolescente com sua primeira paixão.

Parte de mim não queria sujeitar a pobre moça ao drama que cercava Christy. Eu queria que ela fosse embora para sempre antes de começar um novo relacionamento, mas o tempo estava passando, e eu não queria perder a minha chance.

— É só conseguir uma ordem de restrição — Becca falou, me tirando dos meus pensamentos. Estávamos em um táxi, a caminho do aeroporto de São Francisco para pegar o nosso voo para Vegas. Eu devia estar pensando em me divertir, mas não estava.

— Eu sei. Nunca tive que envolver a lei para conseguir manter uma garota longe de mim antes.

— E aquela que você só ficou por uma noite, depois da inauguração de Austin? — perguntou Jason.

— Oh, Deus, qual era o nome dela? — Eu não era mulherengo, mas eu tive algumas mulheres de uma noite só, e aquela a que Jason estava se referindo queria ser mais do que isso. Eu não tenho certeza do que aconteceu com aquela garota. Assim como Christy, ela aparecia na academia. Felizmente, eu nunca disse a ela onde eu morava, só que eu era o dono da nova academia da cidade.

— Eu cuidei dela — Becca disse.

Jason e eu viramos a cabeça para ela, que estava sentada entre nós dois no carro. — O que você quer dizer com isso? — Jason perguntou à esposa.

— Eu não a matei, se é isso que você está pensando. — Ela riu. — Eu só conversei e disse que ela estava parecendo uma psicopata e, se ela não parasse de vir à academia, eu mandaria prendê-la. Posso dizer o mesmo para a Christy, se quiser.

— Vamos esperar até depois de Vegas. Eu não quero pensar em Christy, e vamos torcer para ela não aparecer mais também! — eu disse.

— Se ela aparecer, eu a coloco para correr — Becca disse.

Becca - minha melhor amiga - a irmã que eu nunca tive - minha salvadora. Eu mataria por ela. Eu faria qualquer coisa por ela, e, aparentemente, ela faria qualquer coisa por mim.

— Oh, uma briga de mulheres. Você vai fazer isso nua ou numa piscina de lama - não, com espuma! Água, espuma e camiseta branca? — perguntou Jason.

O motorista do táxi olhou pelo espelho retrovisor, sorrindo.

— Sim, eu gostaria de ver isso também — falei, piscando pra ela.

— Homens! — ela disse e bufou, cruzando os braços.

Jason e eu rimos enquanto descíamos do táxi, no setor de embarque do aeroporto.

Nós esperamos no portão de embarque pelo nosso voo, planejando o que íamos fazer à noite. Becca queria ir dançar. Jason e eu queríamos apenas jogar cartas, mas sabíamos que tínhamos que agradar Becca hoje à noite, porque amanhã Jason e eu íamos ter uma quantidade satisfatória de peitos e bundas na festa de aniversário de Ben, e Becca foi legal com Jason, deixando-o ir, por isso não queríamos irritá-la.

— Eu ouvi dizer que o Lavo é legal — disse Becca à minha direita.

Eu estava sentado entre ela e Jason. Não era anormal isso entre a gente; nós nos conhecíamos há muito tempo, e Jason e Becca não tinham necessidade de estar lado a lado vinte e quatro horas, sete dias por semana. Qualquer pessoa de fora poderia pensar que ela era minha namorada, mas não havia nada disso. Nós estávamos perto, mas não tão perto. Nunca fizemos um ménage - nada - apesar de Jason e eu brincarmos com ela sobre isso. Jason jamais compartilharia.

— Tudo o que você quiser, querida — disse Jason.

— E podemos encontrar uma garota para o Brandon — Becca disse, cutucando meu ombro enquanto eu olhava para o chão - pensativo.

Claro! Eu era um homem solteiro, eu poderia transar com quem quisesse em Vegas. — Parece bom... — eu disse, olhando para cima e diretamente para a morena gostosa da academia.

Nossos olhos se encontraram enquanto a menina que estava junto com ela gritou: — *Caraaaaamba!* — arrastando a palavra. — Ele é *sexy*, Spence. E eu acho que ele vai para Vegas também.

Sim... Eu vou. Abri um sorriso como um idiota. Sorri para ela cada vez que a tinha visto por duas semanas e agora não foi diferente. — A garota da academia está ali — eu disse baixinho para Becca, virando levemente minha cabeça na direção dela.

— Onde? — ela perguntou.

Olhei para cima, mas *ela* tinha ido embora.

Eu sabia que a gostosa estava no avião com a gente. Ouvi sua amiga dizer que estavam indo para Vegas, também, mas não a vi embarcar. Nós sentamos na parte da frente do avião, e eu tentei procurar por ela - mas não a encontrei.

Eu não tinha certeza de que tipo de jogo estávamos jogando. Nós dois trocamos muitos olhares pelas duas últimas semanas. Talvez ela quisesse que eu me aproximasse dela, e eu queria. Segunda-feira, eu vou conversar com ela. Se Christy aparecer, eu coloco Becca para atacá-la. Eu nunca mais quero ver Christy novamente... Não depois do sorriso que a minha morena gostosa deu quando me viu no portão de embarque.

Spence? Que tipo de nome é Spence?

Antes que eu pudesse mudar o meu celular para o modo avião, recebi um SMS de Christy. Eu gemi quando o li.

Christy: **Divirta-se em Vegas. Estarei pensando em você.**

Eu não vou pensar em você. Minha morena gostosa está no avião, pensei enquanto passava meu celular para o modo avião.

— Bem, se você encontrar alguma garota interessante, quer que eu a apresente a você? — Becca perguntou.

— Você está realmente falando sério? — eu perguntei, gritando por cima do estrondo da música.

— Obviamente, você precisa da minha ajuda, porque você nunca conseguiu se aproximar daquela garota na academia.

— Ela está certa. — Jason riu.

— Não preciso que você faça nada para que eu consiga minhas próprias transas, muito obrigado. Você sabe por que não me aproximei dela.

— Sim, e essa é a pior desculpa de todos os tempos!

— Segunda-feira, está bem?

— Cara. — Jason me cutucou e inclinou a cabeça para que eu seguisse o seu olhar.

Ela.

Ela e sua amiga estavam no outro lado do bar, rindo e tomando um *shot*. — Ei! — eu disse ao garçom para chamar sua atenção. — Está vendo aquelas meninas do outro lado? — perguntei, apontando para ela e a amiga. — Eu quero comprar outra rodada pra elas.

— Tudo bem — ele disse. Entreguei-lhe o meu cartão para cobrar os *shots*.

— Viu? Estou tomando a iniciativa — eu disse à Becca com um sorriso.

Ela gritou por cima da música. — Você quer dizer que está se tornando *"homem"*?

Eu ri para ela. Sim, eu era um covarde. Havia algo nela que fodia comigo.

O barman colocou os *shots* na frente delas, acenou com a cabeça em minha direção, e seu olhar o seguiu. Eu sorri para ela, inclinando minha garrafa de cerveja em sua direção e ela se virou abruptamente de volta para sua amiga, batendo em seu braço para chamar sua atenção.

Eu sorri. Ela me queria - eu a queria. Eu podia fazer isso. Eu podia simplesmente partir pra cima e falar com ela, dançar com ela - simples.

— Tire suas mãos de mim. — Ouvi Becca gritando.

Me virei, vendo um cara de cabelo loiro e olhos azuis segurando suas mãos em defesa.

Jason estava diretamente gritando no rosto do cara. — Não toque na minha mulher!

Eu pisei entre deles. — Calma aí, não vamos ser expulsos daqui. Cara, cai fora. Ela não está interessada. Ela é casada.

— Tudo bem, as morenas são mais o meu tipo. — O loiro com cara de surfista se virou e saiu.

Me virei de volta, mas não vi mais a minha gata no bar. Meus olhos percorreram o clube e caíram sobre a bunda sexy dela, enquanto dançava com a amiga. Seus quadris balançavam de um lado para o outro enquanto eu sentia meu pau endurecer no jeans. Eu a assisti à distância na pista de dança, se deixando levar, despreocupada, e eu soube - apenas soube, que ela era "a garota" para mim.

Eu não sei o nome dela - Spence talvez, mas não me importo. Eu estava atraído por ela. Gostei do jeito que ela se deixou levar pela emoção, como ela corava a cada vez que me via... E aquele sorriso - puta que pariu!

Continuei a observar, ela e a amiga, durante algumas músicas. Seu corpo brilhava pelo suor, assim como na academia. O clube desapareceu, todas as meninas desapareceram, exceto *ela*.

— Quem canta essa? — perguntei a Becca e Jason, sem tirar os olhos *dela*.

— Jeremih e 50 Cent — Becca respondeu ao mesmo tempo em que Jason deu de ombros, tomando um gole de cerveja.

— Eu gosto.

Antes que eu percebesse, meus pés tiveram vontade própria, e eu estava caminhando em direção à pista de dança, encarando sua bunda, na saia preta curta. Outros homens dançavam ao seu redor, alguns tentaram dançar com ela, mas ela não demonstrou interesse.

Eu empurrei através das pessoas; não havia como voltar atrás. Esta era a minha oportunidade. Minha chance de chegar perto dela. Minha chance de dançar com ela - tocar sua pele macia e sentir seu perfume.

Quando cheguei nela, sua amiga virou e seus olhos se arregalaram. Ela sabia quem eu era. *Boa*. Esta garota, obviamente, tinha falado de mim - bastante. Eu sorri para sua amiga e avancei até as costas dela; nossos corpos se fundiram. Ela ficou tensa e depois relaxou, ela sabia que era eu.

Puxei-a mais para perto, sua bunda esfregando no meu pau, e os nossos corpos balançando conforme as batidas de Jeremih e 50 Cent, que cantavam sobre quererem suas presas se esfregando neles e como eles só desejavam foder com elas - e eu a queria. Eu queria sua bunda se esfregando em mim para sempre. Ela era tão absurdamente linda. Eu a desejava à noite. Sonhava com ela. Transava com ela, na minha cabeça, enquanto me dava prazer todas as noites - às vezes, duas vezes.

E então, ela me tocou. Esticou o braço para trás e sua mão correu pelo meu cabelo castanho curto, e eu tentei duramente - realmente muito duramente - não jogá-la por cima do meu ombro e levá-la para o meu quarto e foder com ela a noite toda. Em vez disso, eu a puxei para mais perto contra mim - como se houvesse alguma distância entre nós - não havia. Gostei do jeito que ela estava esfregando sua bunda em mim. Sua bunda perfeita movia-se perfeitamente comigo e no meu pau duro, enquanto "ele" esfregava nela. Me senti tão bem. Foi tão bom.

Eu não aguentava mais; eu precisava sentir o cheiro da sua pele.

Me inclinei, movi o cabelo dela para o lado, e corri meu nariz ao longo do lado do pescoço dela. Minha língua tinha vontade própria, deslizando para fora e saboreando-a, antes mesmo que eu percebesse o que estava fazendo. Não me importava se o seu corpo tinha um leve brilho de suor - eu a queria. Era bom sentir sua pele macia na minha língua. Eu poderia lamber cada centímetro dela por horas, mas não no clube.

Meu pau estava doendo. Querendo ser tocado, acariciado, sugado, fodido. Eu não acho que essa garota era do tipo de aventura de uma só noite, e, honestamente, eu não queria que ela fosse. Eu queria levá-la para sair e conhecê-la. Vivemos na mesma cidade. Ela malhava na minha academia. Ela não ia ser a minha transa rebote. Ela ia ser minha. A primeira vez que nós transássemos, eu levaria o meu tempo - memorizando todo seu corpo. O que ela queria, o que ela desejava, como ela gostava de ser fodida - tudo.

Assim que a música terminou, o DJ começou a tocar a próxima. Era uma música que eu realmente reconheci: um remix da canção de Alex Clare, *Too Close*.

Eu precisava olhar em seus olhos. Eu precisava vê-la. Estava delicioso ter a sua bunda de encontro a mim, mas não foi a primeira coisa que notei. Foi o seu lindo rosto, e agora que ela estava tão perto de mim, eu tinha que olhar para ele.

Eu a girei para ficar de frente para mim, a minha perna direita ficando entre as dela, e eu podia sentir o calor de sua boceta quente irradiando através do meu jeans. Nossos olhos se encontraram, e ela imediatamente colocou os braços em volta do meu pescoço, passando as mãos pelo meu cabelo novamente. Eu queria aquelas mãos em mais lugares, além do meu pescoço, mas eu podia esperar. Este não era o momento nem o lugar. Nós não éramos adolescentes com tesão, mas eu estava excitado pra caralho, agora que eu a tinha tão perto e se esfregando em mim.

Minhas mãos se moveram pelas suas costas, parando em sua bunda e puxando-a com mais força contra minha perna. Eu sabia que ela podia sentir o tecido grosso do meu jeans entre as suas pernas. Eu queria que ela sentisse. Eu nunca tinha dançado assim com uma garota antes, mas eu queria vê-la despedaçar-se embaixo de mim... Perder o controle diante de todas essas pessoas ao redor, sem saber que nós nunca tínhamos nos encontrado ou conversado.

As pessoas dançavam ao nosso redor, perdidas em seus próprios mundos, e eu não me importei. Elas desapareceram, e éramos só eu e ela, nossos corpos em sincronia com a batida, balançando perfeitamente.

Minha coxa esfregava contra seu centro, enquanto eu desejava que não houvesse nenhuma barreira, como a calcinha dela, entre nós, mas eu sabia que havia. Ela não era esse tipo de garota - eu podia dizer. Enquanto eu esfregava minha coxa contra sua boceta, eu sabia que sua calcinha estava esfregando seu clitóris já dolorido. Seus olhos fecharam, ela estava perto.

Suas mãos apertaram o meu cabelo, a dor enviando arrepios pelo meu corpo. Se ela não saísse logo, eu ia explodir nas minhas calças. Eu segurei seu corpo contra o meu, deixando-a relaxar - deixando-a se perder e sentindo meu corpo esfregando contra o dela, desejando-a.

A canção foi chegando ao fim, e eu a senti estremecer, seu corpo enrijeceu enquanto ela se agarrava a mim para não cair. Sim, ela me desejava.

Porra! O que eu fiz? Esse não era "eu".

Antes que eu pudesse estragar qualquer coisa, os nossos olhos se bloquearam novamente, e eu sorri para ela, me inclinei e sussurrei "obrigado" em seu ouvido, antes de me virar e ir embora.

Quatro

*A dor é inevitável.
O sofrimento é opcional.*

"*Obrigado*"? *Que merda é essa? Quem diz isso? Quem faz isso?*

Tudo o que eu podia pensar era que ia gozar na calça se eu não fosse embora e cuidasse de mim, por conta própria. A corrida que fiz até o meu quarto foi difícil. Eu ficava relembrando-a se esfregando no meu pau, seus olhos castanhos, seu sorriso, seu toque. Ela se perdendo na minha coxa - me fodendo!

Deixei Becca e Jason no clube, e só consegui enviar um SMS avisando que eu estava indo para o meu quarto.

Jason: **Está fodendo com alguém?**

Eu: **Não.**

Jason: **Sério?**

Eu: **Sim.**

Jason: **Tudo bem? Por que você foi embora?**

Eu: **Me dê 30 minutos. Te encontro na mesa. Estou correndo rapidinho até o meu quarto.**

Eu fiz isso enquanto ia para o quarto, no Palazzo. Felizmente, estávamos hospedados no mesmo hotel onde ficava o clube. Se não estivéssemos, eu teria feito isso no banheiro do Lavo. Eu não me importava. Eu ia explodir na porra da calça.

Deslizei a chave na porta, deixando-a bater atrás de mim enquanto jogava o celular em cima da mesa e rapidamente abria o cinto. Não conseguiria tirar a roupa rápido o suficiente. Não tirei os sapatos ou a calça completamente. Eu não podia. Eu precisava desesperadamente gozar. Imaginei as mãos da morena gostosa no meu pau, me lembrei da sensação de sua bunda contra ele enquanto eu corria a mão para cima e para baixo em meu eixo, imitando o ritmo da música que estava soando em minha cabeça.

Minha mão começou devagar, meus olhos fechados, enquanto eu estava deitado na cama com as pernas penduradas para fora. Eu gemia imaginando-a rebolando, se esfregando no meu pau com aquela bunda perfeita, seu corpo maravilhoso colado ao meu. Eu não ia deixá-la escapar. Apertei meu pau com mais força. Agora, eu adorava a porra da música que tocou enquanto dançamos. Eu ia comprá-la e colocá-la para tocar cada vez que eu me masturbasse, pensando nela.

Uma gota de pré-gozo saiu e minha mão deslizou sobre a ponta - imaginando sua boca quente em volta do meu pau, sugando-o com força. Minha mão apertou mais, como eu gostaria que a sua linda boca fizesse. Bombeando rápido, eu não aguentava mais. As imagens - a memória de apenas alguns minutos atrás - estavam me deixando duro como a porra de uma rocha. Eu podia sentir meu pau pulsar e as minhas bolas apertarem.

Gemi enquanto o pré-gozo continuava a escorrer - minha mão era a sua boca. Eu estava perto. Um flash da sua bunda passava pela minha cabeça, seguido de suas pernas, seu corpo brilhando de suor e o cheiro dela. Quando ela gozou na minha perna e eu esfreguei o meu nariz no pescoço dela para sussurrar em seu ouvido, eu a cheirei. Eu queria sentir o gosto dela. Queria foder com ela. Correr as minhas mãos por seus sucos e colocá-lo no meu pau para ela chupar.

Caralho!

Eu levantei minha camisa preta risca de giz e esguichei toda a minha porra no meu estômago enquanto eu gemia o que eu achava que era o seu nome: "Spence".

Todo o tempo que passamos no clube de strip, para comemorar o aniversário de Ben, eu só pensava nela. Eu mal podia esperar para voltar para casa e ver a minha gata na segunda-feira à tarde. Eu nunca quis tanto uma garota em toda a minha vida. Eu me apaixonei uma vez, e isso foi quando eu estava no ensino médio, quando achava que sabia tudo e pensei que seria bom casar com a minha namorada da adolescência.

E ela partiu o meu coração.

Eu estava um ano à frente dela na escola, e, após a formatura, eu fui para a universidade A&M, no Texas, que ficava, no mínimo, a duas horas de distância, mas longe o suficiente para ela encontrar alguém. Ela não aguentou não poder me ver durante a temporada de futebol. Tentei convencê-la a ficar comigo nos finais de semana, mas era difícil quando era preciso viajar por causa dos jogos. Uma noite, ela foi a uma festa e ficou com outro cara.

Desde então, era difícil confiar em qualquer mulher, exceto minha mãe e Becca.

— Eu quero ir ao cassino no Aria — Becca disse. — Eu não fui lá desde que foi reformado.

— Fizemos o que você quis na noite passada — Jason disse.

— Sim, mas eu te deixei ver peitos durante três horas, enquanto você me deixou sozinha.

— Nós te convidamos para ir — eu brinquei com ela.

— Eu prefiro muito mais ser mimada num SPA a assistir mulheres se esfregando no meu marido.

— Você perdeu — eu disse, sorrindo para ela.

Becca era a nossa rocha. Sem ela, Jason e eu não teríamos concluído a faculdade, especialmente depois que um babaca quebrou a minha coluna. Ela foi minha salvação, e eu não gostava de irritá-la.

— Vamos lá. Tenho certeza de que eles têm alguns figurões que podemos derrotar — eu disse a Jason.

Jason e eu jogávamos *Texas Hold'em* toda quarta-feira. Nós conhecíamos bem o jogo. Poderíamos interpretar reações e ocultar as nossas, e raramente perdíamos - eu mais do que Jason. Eu poderia vencê-lo no jogo a qualquer momento no confronto direto, e ele odiava.

Nos dirigimos até o Aria e fomos direto para o salão

de *High Roller*. Becca jogava bem, mas não tão bem quanto nós. As pessoas tendem a ter medo dela. Ela não jogava constantemente, e era difícil saber quando ela estava blefando ou não. Mas eu, quase sempre, conseguia; Jason, ainda mais do que eu.

Uma das mesas no pequeno salão estava cheia, e outra mesa só tinha um senhor mais velho sentado, esperando para jogar. As chances estavam a nosso favor, e nós gostamos dessa vantagem. Sentamos e pedimos uma rodada de bebidas e esperamos o *dealer* nos dar as fichas. Enquanto esperávamos, olhei para cima e vi os olhos castanhos que eu sonhei na noite anterior, me encarando no momento em que sua amiga pronunciou em voz alta, reclamando atrás dela.

— Ai, Spence, por que você parou? — perguntou a amiga dela.

Aí estava esse nome de novo - Spence. Ela se sentou na minha frente. Eu percebi que ela estava nervosa. Droga, eu estava nervoso. Eu não sabia como ela reagiria depois da noite de ontem. Nós compartilhamos algo. Algo que eu tenho certeza que ninguém sabia, e tudo o que eu pude fazer era sorrir quando ela deslizou em sua cadeira. Esse era o tipo de efeito que ela tinha sobre mim. Toda vez que eu a via, ela colocava um sorriso no meu rosto.

Agora, se eu conseguisse encontrar mais do que duas palavras para dizer a ela...

Becca me cutucou por baixo da mesa com o pé. Sim, todos nós sabíamos quem acabou de entrar. A garçonete trouxe nossas bebidas e, em seguida, virou-se para as duas, para anotar seus pedidos. A minha morena foi a única a jogar, e considerando que esta era uma sala de High Roller, ela mal tinha dinheiro para jogar.

Será que ela veio aqui porque eu estava?

Ela não jogou a primeira mão, e quando olhou para mim, depois de descartar suas cartas ao dealer, eu sorri de novo. Ela corou, e nós, silenciosamente, tivemos uma conversa sobre a noite anterior. Nós dois gostamos. Nós dois desejamos. Nós dois queríamos mais.

— Oi, eu sou Jason, esta é minha esposa, Becca, e este aqui é Brandon — ele disse acenando com a cabeça para mim, mas olhando diretamente para a minha gostosa.

Puta que pariu. Isso pode ser um pouco estranho.

— Eu sou Stan.

Espere! O que foi isso?

Tardiamente, percebi que o senhor mais velho se apresentou, fazendo todos nós olharmos para ele.

— Oi, eu sou Spencer e esta é Ryan — minha gostosa disse. Spencer... O nome dela era Spencer, e o nome da sua amiga era Ryan. Isso era mais estranho do que eu imaginei que fosse. Elas tinham nomes *masculinos*. Ryan foi a única que não jogou. Ela apenas ficou de pé atrás de Spencer e nos assistiu jogar.

Antes que eu pudesse dizer qualquer coisa, Jason voltou a falar: — Então, garotas, de onde vocês são?

Eu quase engasguei com a minha cerveja. Ele sabia de onde elas eram. Todo mundo sabia de onde todo mundo era - exceto Stan. Não nos importávamos de onde ele era; só queríamos o dinheiro dele.

— São Francisco. E vocês? — Spencer respondeu. Eu sorri enquanto olhava para as minhas cartas. Ela entrou no mesmo jogo dele.

— Uau, que coincidência. Nós também somos — Jason disse, tentando não rir.

Vamos ver até onde este pequeno jogo vai dar. — Sabe, você parece com uma menina que frequenta a mesma academia que eu — finalmente falei. Eu estava tentando não sorrir ao falar, olhando diretamente em seus lindos olhos castanhos.

Sem perder o ritmo, ela respondeu: — Ah, é? Eu comecei a frequentar uma nova academia, a *Club 24*, há algumas semanas... Hum, pensando bem, você me parece familiar. — Nossos olhos estavam presos um no outro e eu sorri para ela - tudo o que ela me fazia fazer era sorrir.

— Sim, agora tenho certeza de que era você.

Nas horas seguintes, eu descobri que Spencer e Ryan tinham vindo a Vegas para uma viagem de meninas e que Spencer tinha acabado de ganhar um prêmio em uma máquina caça-níqueis, então Ryan a convenceu a jogar pôquer, com a esperança de ganhar dinheiro suficiente para comprar uma bolsa de grife.

Becca estava impressionada e torcendo para Spencer vencer, porque queria que ela ganhasse meu dinheiro, assim como Jason. Eu queria que ela ganhasse o dinheiro do Stan. Ele poderia lhe comprar a bolsa. Eu não entendia por que as garotas tinham que ter mais de uma bolsa; todas elas se entusiasmavam com essas merdas.

Nós não mencionamos a noite anterior, mas, evidentemente, nós dois estávamos pensando nisso. Eu sorria para ela, e ela corava. Ela sorria para mim, e meu pau se contraía. Sua pilha de fichas estava, lentamente, ficando cada vez menor. Eu me senti mal, mas sabia que teria uma chance de fazer as pazes com ela. Eu, um dia, iria comprar para ela a tal bolsa que Ryan havia mencionado, porque Becca se lembraria de qual, exatamente, ela queria.

Meu telefone vibrou no meu bolso.

Christy: *Vou estar no seu apartamento amanhã, quando você chegar em casa. Estou com saudades. Eu te amo. Mal posso esperar para vê-lo, querido!*

Mostrei a Becca o SMS de Christy. As coisas precisavam mudar ou eu iria conseguir uma ordem de restrição.

— Quer que eu lide com ela? — Becca sussurrou para mim.

— Não. Eu não vou responder. Ah... E eu vou ficar na sua casa amanhã.

Jesus, eu não conseguia nem mais ficar no meu próprio apartamento em paz.

— A primeira coisa que você tem que fazer na segunda-feira de manhã é conseguir uma ordem de restrição.

— Eu não tenho certeza se isso funciona dessa maneira.

— O que vocês dois estão cochichando? — Jason perguntou.

— Nada — nós dois dissemos ao mesmo tempo.

Eu não podia fazer isso com a menina que eu vinha fantasiando e que estava sentada à minha frente. Talvez eu precisasse envolver a lei. Christy que se foda.

Na próxima mão, Spencer e eu tivemos um confronto direto. Todo mundo dobrou, mas eu recebi um par de ases. O flop me deu uma trinca. Spencer apostou quinhentos dólares. Ela não tinha jogado tão decidida à noite toda, então eu sabia que ela deveria ter algo bom, mas, mesmo que ela tivesse uma trinca de rei, eu vencia com a trinca de ás. Tendo em conta que o flop estava com rei de paus, ás de ouros e um dois de espadas, não havia nenhum jeito que ela pudesse ter uma sequência ou um flush.

Mesmo gostando dessa garota, eu não ia deixá-la ganhar.

Eu cobri os seus quinhentos dólares e, por um ligeiro segundo, a vi respirar fundo. Ela não estava esperando pelo meu desafio. O dealer virou um oito de espadas no turn. Não me ajudava em nada, e eu suspeitava que não fosse ajudar Spencer também, mas ela apostou quinhentos dólares a mais. Parecia que eu ia precisar ensinar uma lição a ela, mas eu pretendia fazer as pazes com ela de qualquer maneira, então eu cobri os seus quinhentos.

O dealer então virou um sete de copas na mesa, que novamente não foi de nenhuma ajuda para mim. Eu esperava que Spencer fosse esperta e se controlasse. Ela já estava com mil dólares, e eu não acho que ela costumava jogar com muito, mas ela não se controlou.

Ela empurrou todas as suas fichas no meio e disse: —

Aposto tudo.

Olhei para ela, lhe dei um rápido sorriso, e sem hesitação disse: — Eu cubro.

Enquanto o dealer contava as fichas de Spencer, eu a observei. Eu me senti mal por levar todo o seu dinheiro, mas se eu não fizesse, não faria jus ao meu apelido familiar de Black Bart, então eu seria sacaneado por Becca e Jason. Eu não podia deixar isso acontecer, mesmo sabendo que essa menina ia ser a minha morte, um dia.

Após o dealer contar suas fichas e eu colocar as minhas no meio para cobri-la, Spencer virou seu par de reis - exatamente o que eu pensei que ela tinha. Eu sabia que ela iria me matar, mesmo que ela não me conhecesse. Virei meu par de ases com um sorriso no rosto.

— Ah, Spence, você perdeu todo o seu dinheiro! — Ryan disse tristemente.

Os olhos de Spence amorteceram em mim, em estado de choque, e se Jason e Becca não estivessem sentados ao meu lado, eu teria devolvido o dinheiro dela.

— Sim, bem, foi bom jogar com vocês — Spencer disse e se levantou. — Hora de encerrar a noite, Ry.

Eu não podia deixá-la ir embora, pensando que isso ia ser o fim. Nem sempre é verdade o que dizem; as coisas nem sempre ficam em Vegas. — Ei, Spencer... — eu disse quando ela se virou para ir embora.

Ela hesitou por um breve momento... Talvez chocada que eu realmente falei algo. — Sim?

— Vejo você na academia, segunda-feira — falei com um enorme sorriso.

Ela se animou imediatamente e sorriu de volta. — Ok.

— Meu garotinho está crescendo — Becca disse.

— Sai fora — eu respondi, ela e Jason riram comigo.

Cinco

*A dor é inevitável.
O sofrimento é opcional.*

Quando voltamos de Vegas, fui direto para a casa de Jason e Becca, tal como eu tinha dito a ela que faria. Eu não queria arriscar a possibilidade de Christy estar no meu prédio, esperando por mim. Como era de se esperar, era quase meia-noite quando meu porteiro, Albert, me ligou para falar que minha namorada estava me esperando no estacionamento do prédio.

Eu disse a ele duas coisas: primeiro, ela não é mais a minha namorada, e segundo, ele deveria dizer a ela que, se não fosse embora, ele iria chamar a polícia. Ele não me ligou de volta, então presumi que o truque funcionou e ela foi embora. Quando acordei na manhã seguinte para ir trabalhar, eu tinha vinte e nove chamadas não atendidas de Christy e quarenta e sete mensagens de texto enviadas por ela. Por sorte, eu tinha SMS ilimitados; ela era implacável. Eu simplesmente excluí todas as mensagens sem ler. Eu não escutei a enorme quantidade de mensagens de voz, também. Eu não me importava com o que ela tinha para me dizer. Eu esperava que, quanto mais eu a ignorasse, mais ela perceberia que estava tudo acabado - definitivamente.

Quando Jason e eu chegamos à academia, dei instruções

específicas na recepção para que, se Christy aparecesse, Jason deveria ser avisado imediatamente para que ele pudesse acompanhá-la para fora. Eu não queria vê-la. Ela realmente estava começando a me irritar, e, se eu a visse, não saberia que tipo de cena eu faria.

Sonhei com Spencer e acordei pensando nela, contando as horas até que ela entrasse pela porta da frente da academia.

— A qualquer momento — eu disse a Jason, conforme minha perna balançava para cima e para baixo embaixo da minha mesa.

— Eu nunca vi você agir desta forma por uma mulher.

— Eu sei. Não ajuda o fato de que ela gozou na minha perna, também. Puta que pariu... Seu rosto quando gozou...

— Você tem talento. — Ele riu.

Eu sorri levemente. — Sim, graças a Deus pela perna malhada.

O corpo de Spencer era perfeito. Ela tinha as curvas certas nos lugares certos, e quando dançamos, ela descansou a maior parte do peso na minha coxa, mas não me importei. Eu poderia segurá-la para sempre, especialmente se isso significasse que haveria mais vezes que eu a teria se perdendo debaixo de mim.

— Entrando — Jason falou, olhando para os monitores de segurança.

Meu coração parou. Puta que pariu, ela estava linda naquela saia preta que me fez lembrar a nossa dança, saltos pretos, e suéter roxo. Saltei da mesa e corri escada abaixo até a recepção. Eu sabia que ela tinha um passe de convidado, válido por duas semanas, que havia expirado na sexta-feira anterior. Eu não ia deixá-la pagar pelo título regular. Era o mínimo que eu poderia fazer depois de tirar o dinheiro dela em Vegas.

— Oi, eu preciso fazer minha matrícula — ela disse a Lucas, na recepção, enquanto me aproximava por trás dela.

— Luke, eu cuido da matrícula de Spencer.

— Sim, Sr. Montgomery — ele disse.

Eu me inclinei sobre a mesa enquanto Luke preparava a matrícula de Spencer. Meu pau começou a se contorcer dentro da bermuda preta de basquete, enquanto eu corria os olhos sobre o corpo dela.

— Isso não é necessário — ela disse, seus olhos avaliando o meu corpo de cima a baixo, em troca.

— É o mínimo que eu posso fazer depois de tirar todo o seu dinheiro! — eu disse, sorrindo para ela, como eu sempre fazia.

Ei, pelo menos eu estava finalmente falando com ela!

— Ha, muito engraçado. Mas realmente, você não precisa. Era só o dinheiro que eu ganhei em Vegas mesmo, então, não é grande coisa.

— Spencer, não se preocupe com isso, eu meio que sou o dono deste lugar.

— O quê? Sério? — ela perguntou, com os olhos arregalados.

— Aham, agora vá se trocar, pra gente malhar — eu disse, com firmeza. Eu precisava liberar um pouco de energia ou meu pau ia conseguir o que queria enquanto "ele" começava a ficar duro. Eu tentei esconder minha ereção, me deslocando para longe de Spencer, ficando de frente para a mesa, ao invés dela.

Eu a observei ir para o vestiário. Eu não tinha certeza se conseguiria durar até a regra dos "três encontros" que eu tinha escutado que algumas meninas dão aos caras. Eu a queria tanto.

)X(

Malhar e conversar com Spencer foi incrível. Eu não podia acreditar no quão covarde eu fui, nas últimas duas semanas. Senti como se tivesse perdido duas semanas que eu poderia ter passado com ela e a ter feito minha. Ela era engraçada, inteligente, bonita e jogava pôquer. Ela estava se tornando a minha mulher perfeita.

Depois que ela corria na esteira, eu sabia que Spencer geralmente saia às pressas. Eu não queria que ela fosse embora. Eu não queria que os nossos curtos "trinta minutos" acabassem. Convenci Spencer a se juntar a mim na sala de musculação. Mulheres também precisavam levantar peso. Cardio era ótimo, mas levantar peso para tonificar os músculos é uma das coisas mais sexy em uma mulher, na minha opinião. Eu não queria que ela ficasse com o corpo volumoso, como o de um homem, mas se ela tivesse braços definidos e pernas tonificadas e firmes, ela poderia apertar minha cabeça entre as coxas dela e não deixar eu me mexer - o que seria incrível.

— Está gostando do que vê? — perguntei, quando a peguei olhando para mim enquanto eu trabalhava meus tríceps.

— Uh huh...

— Bom — eu disse com uma piscadela.

Mostrei a Spencer alguns movimentos que poderiam ajudá-la, e enquanto eu a tocava, tudo que eu conseguia pensar era na dança que compartilhamos. Eu queria fazê-la gozar novamente.

Isso era considerado um encontro? Vegas poderia ser considerado um encontro, também? Foda-se essa regra dos três encontros.

— O que você fará amanhã à noite, após a academia? — perguntei, caminhando com ela para o vestiário.

Ela pensou por um momento antes de responder: — Eu não tenho nenhum plano.

— Você gostaria de jantar comigo, depois de malhar?

— Claro, eu adoraria — ela disse, sorrindo para mim - seu delicioso sorriso. — Vejo você amanhã. — Ela entrou no vestiário feminino, e fui para o masculino tomar uma ducha, longa e *fria*.

Quando saí do vestiário, vinte minutos depois, vi Christy sendo convidada a se retirar, por Lucas. Ela estava protestando, mas eu rapidamente voltei para o vestiário e saí por uma porta exclusiva para funcionários e fui para o meu escritório. De jeito nenhum eu a deixaria me ver. Jason ainda estava no escritório dele.

— Ei...

— Caramba, você demorou pra cacete. Eu estava esperando pra saber como foi.

— Você sabe, você estava assistindo — eu disse, rindo dele.

— Sim... Um pouco...

— Christy está aqui — falei, interrompendo-o.

— Puta que pariu. Tudo bem, eu vou lidar com ela para você, e depois quero detalhes — ele disse, correndo para fora de seu escritório e descendo as escadas.

Não tinha muito o que dizer a ele... ainda, mas o fato de que ele me deu cobertura com Christy e queria que eu namorasse Spencer me fez sentir bem.

)(

Eu não me sentia assim desde Trista, no ensino médio. Me lembrei de como eu acordava cedo para chegar na escola, apenas para passar mais tempo com ela. Eu olhava para o relógio até a hora do almoço para que pudéssemos dar uns amassos ao invés de comer, e corria com a lição de casa para que pudéssemos passar horas no telefone.

Eu tinha trinta anos de idade, e agia como o Brandon de dezesseis.

Eu tinha esquecido de pedir a Spencer o seu número de telefone, mas depois lembrei que eu poderia procurá-lo em sua ficha, no arquivo da matrícula. Eu não queria agir como um perseguidor, então tive que me convencer a não ligar para ela durante o dia. Os minutos e as horas se arrastaram ao longo do dia, e eu mal podia esperar até Spencer atravessar a porta depois das dezessete horas.

Enquanto eu caminhava para o vestiário, para me trocar para o nosso treino, fui parado por uma aluna que queria misturar negócios com prazer. Se ela soubesse que eu já estava com outra pessoa, não sei ao certo o que ela faria.

— Olá, Brandon. Quando vamos agendar minhas sessões de personal training?

— Sra. Robinson, você sabe que eu contratei pessoas para treinar você e os outros membros desta academia. Infelizmente, os meus dias de personal acabaram.

— Você tem certeza? Eu te vi ontem à noite com uma cliente na sala de musculação — ela disse, passando a unha pelo meu braço.

Se eu não a conhecesse bem, Teresa Robinson poderia passar como a mãe de Christy. Eles tinham uma forte semelhança e possuíam a mesma personalidade e olhar faminto em seus olhos, quando olhavam pra mim.

— Ela não é uma cliente — eu falei sorrindo. Eu estava

tentando agir profissionalmente, mas só pensar em Spencer já colocava um sorriso no meu rosto.

— Ela é... Não? — perguntou Teresa, puxando uma respiração

— Não. Ela é minha *namorada* — eu disse, mentindo, antes que pudesse me parar.

— Oh... — ela gaguejou. — Eu...

— Eu tenho que ir trocar de roupa. Tenha um bom treino, Sra. Robinson.

Seis

*A dor é inevitável.
O sofrimento é opcional.*

— Ei, linda... Uau, você está de tirar o fôlego — eu disse quando ela saiu do vestiário.

Ela estava vestida para o nosso encontro, um vestido azul marinho que descia até um pouco acima dos joelhos. Eu adorava Spencer de vestido. Era a terceira vez que eu a tinha visto usar vestido ou saia, e eu aprovei. Ela tinha pernas perfeitas, mesmo não sendo tão alta. Os saltos que ela usava mostravam suas pernas tonificadas, e eu era um babaca por músculos, uma vez que eu era personal trainer e dono de academia.

— Obrigada, você não está nada mal.

Olhei para a minha camisa de botões, de manga longa preta, risca de giz - eu tinha certeza que era a mesma que eu usei em Vegas na noite que nós dançamos. Eu não pensei muito nisso até que ela passou os olhos em mim. Droga, eu devo ter usado o mesmo jeans, também.

— Está com frio? Gostaria que eu ligasse o aquecedor de assento? — perguntei, deslizando dentro do meu Range Rover preto, depois de abrir a porta para ela.

— O quê? Seu carro tem aquecedores de bunda?

— Sim, nós vivemos na área da baía. — Meu sorriso acompanhou o dela.

Eu definitivamente não estava mais no Texas. São Francisco tinha muita neblina. Eu sentia falta da luz do sol, mas, quando ele aparecia e brilhava, São Francisco era bonita e sem umidade, o que eu estava começando a gostar.

— Eu amo ter o meu traseiro aquecido! — ela disse, com um grande sorriso no rosto.

— Vou ter que me lembrar disso. — Eu pisquei.

Para um primeiro encontro, eu tinha que admitir que, com Spencer, foi perfeito. Nossa conversa nunca vacilou, e ao contrário de Christy, tínhamos muito em comum. Eu estava tentando ir com calma e fazer esse primeiro encontro ser perfeito, mas sem ir longe demais.

Eu não conseguia acreditar que estávamos conversando - nos conhecendo. Era como se eu ainda estivesse sonhando e fantasiando sobre ela. Contei a ela sobre Christy, e ela confessou que também tinha acabado de sair de um relacionamento. Ela parecia hesitante em me dizer por que terminaram, e eu não queria pressioná-la por mais detalhes. Achei que ela compartilharia mais informações comigo quando se sentisse confortável.

Nosso jantar estava chegando ao fim e, como na noite anterior, eu não queria que terminasse ainda. Mas eu tinha uma reunião de negócios cedo com Jason e precisava chegar mais cedo, ou eu continuaria conversando com Spencer. Eu queria vê-la de novo, então a convidei para ir ao jogo do San Francisco Giants na sexta-feira e usar o meu ingresso extra. Tirei a sorte grande que ela adorava esportes; especialmente os Giants. Ela também adorava o Forty Niners, e, se as coisas ficassem sérias entre nós, isso poderia ser um problema, já que tanto Jason quanto eu éramos fãs obstinados do Dallas Cowboys.

— Quer dar uma corrida, ou você prefere que eu vá pegar o carro? — perguntei, olhando para fora do restaurante. Estava chovendo, chovendo muito, e nenhum de nós tinha guarda-chuva.

— Vamos correr, um pouco de água não vai fazer mal.

Hmmm, Spencer molhada...

Sorri ao pensar, agarrei a mão dela, e corremos pela rua até o meu carro. No momento em que nós dois entramos, estávamos encharcados. Meu jeans estava desconfortável, e minha camisa estava grudada no meu peito. Eu olhei e vi Spencer tremendo de frio e molhada pela chuva.

— Uau, está caindo o mundo! Eu tenho algumas toalhas da academia aqui, em algum lugar — eu disse, virando para o banco de trás. Entreguei uma toalha para Spencer se secar e liguei o carro e o aquecedor para nos aquecer. Me lembrei que ela gostava do aquecedor de assento, então liguei o seu mais quente, também.

Nós nos secamos um pouco, então me estiquei para a parte de trás para pegar outra toalha seca para que Spencer pudesse se secar mais. Ela estava com menos roupa do que eu, e não havia muito que eu pudesse fazer com a toalha que eu estava usando. — Aqui, essa está seca — eu falei, e antes que eu percebesse, comecei a secar a umidade em sua perna esquerda, com a toalha seca.

Após deslizar a toalha para secá-la, ela segurou a minha mão para impedir de ajudá-la e a manteve imóvel, quando nossos olhos se bloquearam. Antes que eu pudesse pedir desculpas, ela se inclinou sobre o console central e me beijou. Seus lábios eram suaves, delicados, e... perfeitos. Antes que eu pudesse deslizar minha língua para prová-la, ela começou a se afastar. Larguei a toalha da minha mão, agarrei a parte de trás de seu pescoço com minhas duas mãos e a beijei - intensamente.

A boca com a qual eu sonhei em todas as posições diferentes era quente e tinha gosto de vinho e tudo o que eu mais desejava, tudo em um. Eu não tinha certeza de como eu ia aguentar mais dois encontros. Sexta-feira não chegaria rápido o suficiente, e esse seria apenas o segundo encontro. Meu corpo inteiro formigava com o toque dela, e agora, *ela* me beijou de verdade! Eu queria tanto transar com ela. Queria me perder nela e não deixá-la fora da minha vista por horas, dias, para sempre.

Quando eu pensei que ela iria se afastar de novo, ela me surpreendeu. Sem interromper o nosso beijo, ela deslizou por cima do console central para montar em mim. Meu pau reagiu instantaneamente, querendo atrito quando endureceu no meu jeans úmido.

As pernas que eu queria apertando em volta da minha cabeça eram suaves e eu corria minhas mãos para cima e para baixo, enquanto ela segurava meu rosto, ainda me beijando. Eu não ia deixá-la parar. Eu adorei a sensação dela em cima de mim e meu pau também. Ela gemeu na minha boca enquanto minhas mãos caminharam lentamente até debaixo de seu vestido. Flashes da nossa dança vieram à minha cabeça, e eu estava nervoso que eu fosse gozar ali, só com ela se esfregando em cima de mim.

Há muitos anos não acontecia de eu quase chegar aos finalmente com uma garota, ainda vestido, e eu seria um imbecil se não admitisse que estava gostando. Eu sabia que sentiria mais prazer com sua boceta quente, mas eu ainda queria que a nossa primeira vez fosse na cama, para que eu pudesse memorizar todo o seu corpo e levar a porra do meu tempo. Mesmo que eu tivesse que me masturbar no banheiro antes de transar com ela, porque eu queria que durasse mais do que três minutos.

Normalmente, eu conseguia durar muito tempo... bem, quase muito tempo. Talvez tenha sido pelo fato de que eu não sentia nenhuma conexão com a maioria das mulheres que eu estava namorando - especialmente Christy. Minha lista não é muito longa, mas nos meus trinta anos, houve somente uma menina que eu me perdi, e quanto mais Spencer ficava na minha cabeça, mais ela me fazia perder toda a linha de raciocínio, e quanto mais a conhecia, mais eu queria me perder nela, também.

Eu não conseguia esconder a ereção crescente no meu jeans. Eu sei que Spencer sentiu. Ela se esfregava em mim, me roçando, quando ela interrompeu o nosso beijo e começou a lamber meu queixo e meu pescoço. Ela me excitou tão ferozmente que não consegui me conter, mesmo que eu tentasse, e deslizei minhas mãos por baixo do vestido e mergulhei meus dedos na parte de trás da calcinha dela.

Ela estava molhada - quero dizer, toda molhada - e

não apenas por causa da chuva que ainda estava batendo no meu carro. Sua excitação estava ultrapassando o algodão da calcinha dela, e, caralho, eu queria tanto sentir o gosto dela. Ela levantou a cabeça do meu pescoço, gemendo de prazer enquanto eu corria dois dedos através de seus lábios vaginais.

— Puta merda, você está tão molhada! — eu sussurrei em seu ouvido.

— Bem, nós acabamos de correr na chuva — ela disse, sem fôlego.

— Não foi isso que eu quis dizer — eu falei com um sorriso, em seguida, tomei os lábios dela com a minha boca de novo, ainda correndo os dedos através de seus outros lábios.

Senti meu telefone vibrar uma vez no meu bolso, então o senti novamente. Eu estava recebendo uma chamada, mas eu não me importava se alguém estivesse morrendo. Eu não conseguia tirar meus lábios de Spencer. Eu não poderia remover minha mão. Nesse momento, alguém teria de cortar a minha mão, porque eu não ia deixar os sucos quentes que estavam começando a encher o meu carro com uma deliciosa fragrância sexy.

Eu queria ver Spencer gozar de novo, para mim. Durante três dias, isso era tudo o que eu pensava, e quem estava me ligando teria que esperar.

Meu telefone continuou a vibrar na minha perna. Finalmente, Spencer recuou e falou ofegante: — Você precisa atender?

— Não, isso não deve ser tão importante. Eu ligo de

volta depois — respondi, voltando minha boca para a dela.

Suas mãos percorriam meu corpo enquanto eu afundava dois dedos nela. Ela cavalgou meus dedos enquanto eu a imaginava cavalgando o meu pau. Ele estava doendo no meu jeans, querendo se libertar e com raiva que meus dedos estavam recebendo toda a atenção. Eu precisava ser um cavalheiro. Eu precisava esperar - eu queria esperar. Porra, eu estava tão quente e excitado que, se ela tivesse aberto a minha calça jeans, eu não teria sido capaz de me parar...

Mas eu não tinha preservativo. Minha única regra era: *sempre* use preservativo.

Eu tinha que fazer alguma coisa. Tinha que diminuir o ritmo. Ainda tínhamos uns bons trinta minutos à nossa frente, e eu sabia que percorrer o caminho todo ia ser difícil. Mal consegui chegar ao meu quarto em Vegas após a nossa dança, e agora eu não sabia se seria capaz de durar os malditos trinta minutos, especialmente com ela sentada ao meu lado em um vestido, expondo suas pernas perfeitas.

Eu bombeei meus dedos dentro dela, o polegar esfregando seu clitóris vigorosamente. Ela tinha que estar perto. Eu precisava que ela estivesse perto. Então, ela começou a beijar o meu pescoço enquanto senti seu corpo ficar tenso, assim como ela ficou na minha coxa em Vegas. Seu corpo contraiu, sua boceta apertou meus dedos enquanto eles começaram a diminuir o ritmo dentro dela, e então ela me mordeu.

Nunca alguém tinha me mordido antes, e, puta que pariu, isso quase me fez gozar, de novo.

Tirei meus dedos, nos deixando acalmar, mas o

aquecedor no meu carro estava forte, e eu estava começando a ficar sem conseguir respirar. Ela permaneceu no meu colo enquanto eu alcançava o aquecedor, por trás dela, para desligar e abri a janela. A chuva ainda caía lá fora, mas eu não me importei de como ficariam meus bancos de couro. Eles já estavam arruinados mesmo, desde o momento em que entramos no meu carro, encharcados pela chuva.

— Está ficando um pouco quente aqui — eu disse.

— Um pouco? — ela perguntou com um risinho e sorriu contra o meu pescoço.

Eu ainda não queria que nossa noite chegasse ao fim, mas estava na hora. Eu levantei sua cabeça do meu ombro e dei um beijo de leve nos lábios dela. Eles já estavam gravados na minha memória. O olhar, o tato, o paladar. Eu nunca iria esquecê-los, e eu sabia que era outra coisa com a qual eu agora iria sonhar.

— Hora de te levar para casa.

Ela retornou ao seu assento, sem dizer uma palavra.

Será que ela também não queria que a noite acabasse?

Coloquei o carro em movimento e comecei a descer pela rua, repetindo na minha cabeça o que tinha acontecido. — Então, você é uma mordedora? — perguntei, dando a ela o meu sorriso mais inocente.

Sete

> *A dor é inevitável.*
> *O sofrimento é opcional.*

Quando deixei Spencer em casa, peguei meu celular do bolso da calça jeans, e, como eu suspeitei, o telefonema não era importante. Era de Christy. Ela deixou uma mensagem de voz, e sendo o idiota que eu sou, escutei, ao invés de apenas excluí-la.

— *Brandon, sou eu. Eu conheci um cara hoje, e ele disse que te conhece e que você tem andado com uma vadia morena. Você acha que eu vou te deixar livre tão facilmente? Ela não vai ganhar.*

Não vai ganhar? Eu acho que Christy não recebeu o memorando de que eu determinei a "vencedora". E quem era o cara que ela estava falando que me conhecia? As únicas pessoas que me conheciam nessa cidade eram as pessoas da academia.

⋇

— Eu quero todos os detalhes! — Becca falou, entrando no meu escritório um pouco antes do meio-dia.

— Eu não beijo e conto — falei sorrindo e me inclinando para trás na minha cadeira.

— Oh, cale a boca. Eu quero ouvir tudo sobre isso. Eu não tenho um primeiro encontro há...

— Ei! — Jason disse, repreendendo sua esposa quando entrou atrás dela, na minha sala.

— Desculpe, mas é verdade. Eu não te deixaria, mas primeiros encontros podem ser realmente surpreendentes ou muito ruins — ela disse olhando para mim, como se eu precisasse contar cada detalhe.

— Foi incrível — eu falei, percebendo que sorri sem hesitar, quando Becca me fez lembrar do meu encontro com Spencer.

— Você transou com ela? — Jason perguntou.

— Jason! — Becca o repreendeu de novo.

— O quê? A primeira vez com alguém pode ser realmente surpreendente ou muito ruim — ele disse, sorrindo para Becca e zombando dela.

Becca se virou para mim. — Bem... Foi?

— Não — eu disse, balançando a cabeça.

— Bom. Regra dos três encontros, B! — Becca disse.

— Eu sei. Falando nisso... Você acha que podemos contar Vegas como um encontro?

— Cara, eu não acredito! Vocês homens só pensam em sexo.

— Sim — Jason e eu respondemos ao mesmo tempo.

— Não. Vegas não conta como um encontro.

— E quanto ao treino de segunda-feira? Será que isso conta?

— Sim! — respondeu Jason.

— Você vai me contar sobre seu encontro? — Becca perguntou novamente.

— Não há muito o que contar. Fomos ao Scoma, e eu a levei para casa. — E algumas outras coisas que eu não ia contar a eles.

— Tudo bem, você gosta dela?

— Gosto muito dela — disse sorrindo - ainda. Eu não sorria tanto há muito tempo. — Você vai encontrar com ela novamente, na sexta-feira.

— Sério? — Os olhos de Becca se iluminaram.

— Sim, ela vai para o jogo com a gente.

— Eba! — Becca bateu palmas e, em seguida se levantou para sair. — Estamos indo almoçar. Quer vir?

— Claro.

Se segunda-feira contou como encontro, eu planejava malhar todos os dias com Spencer... Sexta seria o encontro número cinco. Eu daria uma carona a ela à noite, para fazer parecer como um encontro. Becca aprovaria o encontro número cinco.

Se esta noite não fosse a minha noite de pôquer, eu teria convidado Spencer para um outro encontro. Eu queria passar mais do que só uma hora na academia com ela. Eu não teria como cancelar o pôquer, porque Jason pegaria no meu pé e nunca me deixaria em paz.

Depois de levar Spencer em casa, depois do nosso treino, eu lhe dei um beijo de boa noite para ir me encontrar com os caras para que eu pudesse ganhar todo o dinheiro deles. Eu sempre ganho. Eu não tinha certeza do porquê eles ainda jogavam comigo. Acho que era, provavelmente, a única noite na semana que eles tinham para ficar longe de suas esposas ou namoradas. Eu me sentia assim quando eu estava com Christy, mas de Spencer eu não queria ficar longe. Eu queria ter o encontro número três.

— Prontos para perderem, rapazes? — perguntei, embaralhando o baralho.

— Nem fodendo. Apenas distribua as cartas — Ben disse.

— Um dia desses, alguém vai superar você — Jason disse.

— Talvez. — Eu dei de ombros. Era muito improvável. Todo mundo queria que eu jogasse profissionalmente. Eu até pensei sobre isso, mas não tinha certeza se eu queria jogar o tempo todo. Eu gostava de jogar com meus amigos e beber cerveja.

Depois de algumas horas e uma lata de lixo cheia de garrafas de cerveja, meu telefone vibrou no bolso. Por um segundo, cheguei a pensar que fosse, provavelmente, Christy, mas quando vi o nome da Spencer na tela, um sorriso enorme se espalhou pelo meu rosto.

— Deixe-me adivinhar... Spencer? — Jason perguntou.

Eu olhei por cima da tela e na direção dele. — Sim — respondi, ainda sorrindo como um idiota.

Spencer: *Oi, saudades de vc!*

— Por que você está sorrindo assim? — Ben perguntou.

— Brandon está apaixonado — Jason zombou.

— Por um cara chamado Spencer? — Jay perguntou, vindo se sentar com uma garrafa de cerveja gelada.

— Spencer é uma garota — retruquei, digitando uma resposta a ela:

Eu: **Também estou com saudades, Spence. Você e Ryan estão se divertindo?**

— Ela é muito sexy — Jason disse.

— Becca arrancaria suas bolas, se você dissesse isso na frente dela — zombei dele.

— Que nada. — Ele deu de ombros.

— Vou arrancar as suas bolas, então. Ela é minha — eu disse, ainda sorrindo.

Meu telefone vibrou com outro SMS:

Spencer: *Sim, Ryan está cantando agora no karaokê Party in the USA!*

— Então fiquei confuso — Ben disse.

Encontrando Spencer

— Spencer é uma garota com nome de menino — eu disse, sem olhar para cima enquanto digitava uma resposta:

Eu: **Eu gostaria de ver isso lol.**

Esperei alguns segundos por uma resposta, mas ela não respondeu de volta, então coloquei meu celular em cima da mesa de jogo e esperei o amigo de Jay, Mark, distribuir as cartas. Tenho certeza que ele pensou que eu era estranho, namorando uma garota com nome de homem. Essa foi a primeira vez que eu vi o cara, mas eu não me importei. Ele estava ali para eu pegar o dinheiro dele.

Finalmente, depois de mais algumas mãos, Spencer mandou uma mensagem de volta:

Spencer: *Eu queria que vc estivesse aqui! Eu queria taaaaaanto transar com vc no banheiro.*

Eu quase engasguei com a saliva quando li aquilo. Felizmente eu não estava bebendo, porque Jay tomaria um banho de cerveja, já que ele estava sentado na minha frente.

— Você está bem, cara? — Ben perguntou.

— Sim — eu botei para fora.

Sorri quando enviei o próximo texto.

Eu: **Apesar disso ser tentador, os caras nunca iriam me deixar viver se eu os abandonasse por uma garota agora.**

— Tem certeza de que não transou com ela? — Jason perguntou.

— Não, por quê?

— Olhe para sua cara. Você não parou de sorrir — ele disse.

— Se você recebesse o SMS que acabei de receber, sorriria também.

— É uma foto dela nua? — Mark perguntou.

Como se eu fosse deixar algum estranho ver uma foto da minha gata nua. Nem fodendo eu deixaria alguém ver... Tudo bem, talvez o Jason.

Spencer: *E se fossem DUAS garotas sensuais dando em cima de você?*

Puta merda, ela estava falando sério? Ela não pode estar falando sério. Ela não parece ser do tipo... Mas ela gozou na minha perna em Vegas e me atacou no carro no nosso primeiro... Segundo encontro.

Eu: **LOL, quantas bebidas você já tomou?**

— Ou nos mostra a foto ou distribua as cartas — Jason disse.

Eu não percebi que não tinha respondido a Mark. Eu ainda estava tentando entender o SMS de Spencer.

— Desculpe. Não, não é uma foto nua. Ela está bêbada e me enviando SMS.

— Diga a ela para enviar uma foto pelada — Jay disse.

— Cai fora — eu disse, distribuindo as cartas.

Poucos minutos depois, ela mandou uma mensagem de

Encontrando Spencer 73

volta:

Spencer: *Hum... Eu só tomei 5 vodkas cranberries.*

Eu: **Bem, então, eu acho que você está bêbada. Cuidado, ok?**

Jogamos algumas mãos, e eu ainda não tinha ouvido Spencer de volta. Eu estava começando a me preocupar. Eu só a tinha visto beber vinho e alguns *shots* em Vegas. Eu não sabia o que cinco vodkas cranberries fariam com ela.

Eu: **Spence, você está bem?**

— Ótimo. Ela agora não está respondendo — eu disse.

— Ela provavelmente está irritada, já que você pediu a ela uma foto nua. As mulheres não gostam quando você pede. Elas só enviam quando sentem vontade — Jason disse.

— Como você sabe? — Ben perguntou.

— Bem, Bec fica com raiva de mim — ele disse.

— Eu não pedi a ela uma foto nua. Ela está com Ryan em algum bar de karaokê.

— Ela está com outro cara? — Jay perguntou.

— E você está bem com isso? — Mark questionou.

— Não, Ryan é uma menina também — Jason disse. — Ela também é sexy.

Eu ri para ele. Becca iria corta o pau dele se soubesse que ele estava falando de outras garotas.

— Vocês são estranhos — Mark disse.

Quem era esse cara?

Eu: **Olá?**

— Apenas distribua as cartas — eu disse a Mark.

Mais algumas mãos e eu ainda não tinha recebido um SMS de Spencer. Será que eu a irritei? Eu reli os SMS e não achei que tivesse dito algo errado.

— Quais bares de karaokê há pela redondeza? — eu perguntei ao Jay.

— Por quê? — Jason perguntou.

— Eu não ouvi mais nada de Spencer depois que ela me disse que estava bêbada. Eu estou preocupado.

— Tenho certeza de que ela está bem. Ela está com Ryan... Que é uma garota — Ben disse.

Todo mundo riu, exceto eu. — Tenho certeza de que ela está bêbada, também.

— Bem, por aqui há o The Mint e...

Meu telefone tocou, e eu relaxei quando li o SMS dela:

Spencer: **Desculpe, Ryan e eu cantamos em dupla. Tomaremos cuidado. Venha me ver, AGORA!**

— Não importa, ela respondeu.

— Ótimo, agora vá tirar o tampão da sua vagina e seja homem de verdade — Jason disse.

Todos nós rimos, então eu dei a ele o meu olhar de

Encontrando Spencer

morte. Como se ele fosse ficar bem com Becca na rua, bêbada e sem responder a ele.

— Vai se foder — eu disse e respondi a Spencer:

Eu: **Eu gostaria de ir, mas, como eu disse, os caras me encheriam o saco.**

Eles já eram.

Spencer: *Tudo bem, eu entendo como é isso!* ☺

Eu: **Não fique assim, amor. Eu iria se eu pudesse!**

— Você distribui — Mark disse para mim.

Sério, esse cara estava me aborrecendo, e eu não sabia por quê. Seja como for, ele estava prestes a ficar sem dinheiro.

Spencer não respondeu e pelo tempo que eu levei até me arrastar para a cama, metade de mim queria ir encontrá-la. Eu não a conhecia há muito tempo, e eu não sabia o que o álcool fazia com ela, mas eu estava começando a me apaixonar por ela - muito. Eu não queria que nada acontecesse com ela. Eu a queria segura em meus braços. Eu estava tentando não me preocupar. Ela era adulta e só uma garota que eu estava encontrando. Ela não era minha namorada, mas eu planejava mudar isso na sexta-feira. Ela consumiu todos os meus pensamentos. Eu estava prestes a ligar para ela quando recebi um SMS dela.

Spencer: *Ryan e eu chegamos em casa. Vou dormir com meu amigo movido a pilha. Agora... boa noite!*

Imagens passaram pela minha cabeça, enquanto eu imaginava Spencer se dando prazer. Meu pau saltou imediatamente à atenção, e *nós dois* estávamos acordados agora.

Eu: **Deus, Spence! Você está me matando. Eu vou ter que confiscar essa coisa de você.**

Spencer: *Eu preferiria FAZER a coisa real!*

Foda. Quinta-feira era o encontro quatro, a meu ver. Eu não dou mais a mínima.

Eu: **Amanhã, eu prometo.**

Spencer: *De verdade?*

Eu: **Sim, à noite, amor.**

Eu me masturbei e tomei uma ducha fria antes de conseguir dormir, só para sonhar com Spencer usando seu vibrador.

)X(

Acordei duro na manhã seguinte. Se eu não me enterrasse em Spencer em breve, eu ia perder a minha cabeça. Eu não sabia o que era, mas eu ansiava por ela. Senti como se eu estivesse me transformando numa menininha obcecada por alguém, mas não era minha culpa. Spencer flertou, seduziu e me consumiu. Eu estava determinado a não ser o seu cara reserva. Eu lhe mostraria como ela estava destinada a ser tratada. Não enganada.

Eu: **Ei, como você está se sentindo hoje?**

Desci as escadas para fazer café. Eu tinha certeza que

só consegui dormir após as duas horas, e agora estava com dificuldade de manter meus olhos abertos. Eu era o chefe, mas eu tinha contratos da academia de Seattle para analisar e que eram aguardados até o mais tardar às cinco da tarde.

Spencer: **Minha cabeça parece que foi atingida por uma marreta.**

Eu: **Muito álcool faz isso. Eu ainda vou ver você, mais tarde, na academia?**

Eu tinha uma surpresa para Spencer. Toda quinta-feira, eu tenho uma hora de massagem no SPA da academia. Eu tinha certeza que ela iria gostar, ainda mais porque ela estava de ressaca.

Spencer: *Sim, é claro.*

Eu: **O que você fará depois de malhar?**

Eu derramei café numa xícara e a esperei responder.

Spencer: *Sim, sobre isso... Eu não me lembro de mandar mensagens de texto para você ontem à noite...*

Droga. Claro que ela não lembra.

Eu: **Eu imaginei que você não lembraria. Eu sabia que você estava bêbada quando digitou as mensagens. Mas eu tenho que admitir, espero que, no futuro, possamos fazer o que você disse.** ☺

Spencer: *Sim, bem... Eu nunca estive com outra garota.*

Eu: **Você é tão engraçadinha. Não foi isso que eu quis dizer. Bom, nos vemos, então, depois do trabalho.**

Spencer: *Ok* ☺

Eu tinha esquecido que Spencer ofereceu Ryan para fazer sexo junto. Mas eu não queria Ryan. Eu só queria a *minha* morena gostosa e logo.

Oito

*A dor é inevitável.
O sofrimento é opcional.*

Depois da sessão de massagem, deixei Spencer em casa e lhe dei um beijo de boa noite. Ryan estava em casa, e eu só queria que tudo fosse perfeito. Spencer não se lembrava da sessão de SMS que ela enviou quando estava bêbada, e eu não queria pressioná-la a fazer algo que ela não quisesse fazer.

Após ir buscá-la na sexta-feira para o jogo do Giants, nós nos encontramos com Becca e Jason. Antes de ir para os nossos lugares, compramos comidas e cervejas, como Jason, Becca e eu sempre fazíamos antes dos jogos, e então nós sentamos e esperamos o jogo começar.

Durante o jogo, roubei olhares de Spencer com o canto do olho, descansei minha mão em seu joelho, e me diverti com o Giants chutando a bunda do Padres. A noite estava perfeita, e assim como durante toda a semana, eu não queria que o meu tempo com Spencer acabasse.

— Ah... — eu disse, esfregando a parte de trás do meu pescoço nervosamente. — Gostaria de subir? — Becca e Jason foram embora depois que o jogo acabou, sabendo o que eu queria fazer.

— Claro — ela disse, sorrindo.

Eu fiz uma pequena dança da vitória, internamente,

enquanto descíamos a última quadra para o meu prédio. Eu não tinha compromisso na manhã seguinte, e esperava que Spencer também não, porque eu não estava planejando dormir muito.

Enquanto Spencer olhava o meu apartamento, eu peguei cerveja para nós dois na geladeira. Vi quando ela admirou o andar de baixo, que era um piso plano, aberto, com janelas do chão ao teto e pisos de madeira escura. Conforme você continuava a olhar, via os armários de madeira de cerejeira, com bancadas em granito preto e utensílios em aço inox.

Então, seus olhos mudaram de volta para a sala, e ela passou a mão ao longo dos sofás de couro marrom escuro que rodeavam uma mesa de centro de cerejeira, que estava sobre um tapete bege, combinando com as mesas nas extremidades, em ambos os lados. A minha atração favorita da sala era a TV de tela plana embutida em cima da lareira.

Ela não falou por alguns minutos enquanto observava todo o ambiente. Christy nunca apreciou coisa alguma no meu apartamento. Ela apenas armazenava as coisas dela, como se morasse comigo, e isso me irritava.

Ao lado do bar, que ficava entre a cozinha e a sala de estar, tinha uma foto preto e branco pendurada, que Becca tinha tirado da ponte Golden Gate, em um dia nublado. — Essa é uma das fotos de Becca — eu disse, enquanto ela a admirava.

— Nossa, é linda!

— Ela te convidou para a exposição dela no dia vinte e oito, certo? — Ela balançou a cabeça. — Quer ser a minha acompanhante nessa noite? — Eu não sabia o que faria se ela tivesse dito não. Nós dois íamos, e eu queria estar lá com ela. Eu queria que ela começasse a conhecer os meus amigos.

— Claro, parece divertido. Ah, e Becca disse que Ryan poderia ir também. Importa-se se ela for?

Eu não me importava, desde que ela não ficasse entre nós. — Não, claro que não.

Vi quando ela olhou para a foto, seu longo pescoço se estendeu para fora da sua camisa dos Giants, e tudo o que eu queria fazer era beijá-la novamente. Nós nos beijamos levemente quando ela entrou no meu SUV para irmos ao jogo, mas eu queria correr a minha língua por todo o caminho desde seus lábios até a ponta dos pés e fazer o caminho de volta.

Sua pele era perfeita... Levemente bronzeada e apenas implorando para ser tocada. Agarrei a cerveja da mão dela e a coloquei em cima do balcão, em seguida, segurei seu rosto, meus dedos deslizando por seu sedoso cabelo castanho, e a beijei. Aprofundei o beijo quando ela apertou os braços em volta do meu pescoço, e eu a segurei contra a parede, apreciando a forma como sua língua duelava com a minha.

— Eu quis fazer isso durante toda a noite! — eu falei, quando finalmente me afastei de sua boca. Eu peguei a mão dela e a levei para o meu sofá. — Eu não estou pronto para encerrar nossa noite... Quer assistir um filme?

Eu estava tentando fazer qualquer coisa para protelar. Estava ficando tarde, mas eu senti como se estivesse tentando compensar as duas semanas que eu não falei com ela. Se eu tivesse me aproximado dela, então, ela provavelmente já estaria nua e debaixo de mim - ou fora da minha cabeça, mas eu sabia que isso não seria possível. Desde a semana passada, eu já não conseguia o suficiente dela. Ela era calma e tinha o sorriso mais bonito que eu já vi.

— Claro — ela disse, se sentando.

Liguei a TV e me sentei ao lado dela. — Você gosta de ação, comédia, terror...?

— Ação ou comédia está bom.

Enquanto eu procurava pelos filmes, parando em *Missão Impossível: Protocolo Fantasma*, ela pegou seu celular, digitou uma mensagem e, em seguida, o colocou sobre a minha mesinha de centro. Eu queria perguntar para quem ela mandou a mensagem, mas eu não ia ficar com ciúmes. Seu ex tinha sido infiel; com certeza ela não estava saindo com outra pessoa.

Quando o filme começou, ela se aconchegou ao meu lado, e eu envolvi meu braço ao redor dela. Isso parecia certo. Ela estava acomodada e eu tentei assistir ao filme, mas tudo o que eu pensava era nas suas mãos - seus lábios - sua língua - seu cheiro, e dane-se se esse não fosse o encontro cinco. Eu não dou a mínima para o que Becca disse. Este. Era. O. Encontro. Cinco!

Eu a inclinei de costas o suficiente para pegar o queixo dela na minha mão e levantar sua cabeça para saborear seus lábios outra vez... Lábios macios que eu queria provar para sempre. Ela se sentou mais reta, seus lábios nunca deixando os meus, e girou o corpo o suficiente para eu incliná-la de volta no sofá. Eu pairei sobre ela, beijando seu pescoço enquanto minha perna direita me equilibrava no chão, me impedindo de esmagá-la.

Eu tinha que tocá-la mais. Ela estava debaixo de mim, meu pau endurecendo no meu jeans, e se eu não a tivesse, não havia nenhuma maneira que eu pudesse ficar perto dela no futuro. Eu tinha me masturbado mais na última semana do que eu lembro de ter feito quando era adolescente. Ela estava nos meus pensamentos. Nos meus sonhos. Na minha pele. E agora ela estava debaixo de mim e gemendo enquanto eu levantava sua camisa e segurava seu seio redondo e firme.

Eu a beijei ao mesmo tempo em que toquei seus seios e ela gemia na minha boca, e então corri os lábios ao longo de seu pescoço e subi de volta até sua orelha, mordiscando um pouco. Suas mãos corriam pelas minhas costas, e eu adorei o jeito que ela me tocava, suas unhas deslizando sobre a minha camiseta, causando pequenos arrepios que se espalhavam por todo o meu corpo.

Eu ouvi meu telefone zumbir, indicando uma ligação enquanto continuei beijando seu pescoço. Se fosse Christy, eu ficaria seriamente fora do meu juízo. Ela precisava parar de me ligar, especialmente quando eu estivesse com Spencer. Eu não dava a mínima se ela sabia a respeito da Spencer. Não havia a menor chance de eu deixar Christy nos separar. Spencer e eu ainda não estávamos namorando oficialmente, mas se eu enterrasse meu pau nela hoje à noite, ela seria minha.

Ela começou a puxar a minha camisa, e essa foi a deixa de que eu ia conseguir o que desejava. Eu ia começar a explorar todo o corpo dela. O gosto dela. Foder com ela. Fazê-la gemer e deixar meu pau ter o prazer que ele tinha estado ansioso e dolorido para receber.

Levantei a camisa dela o suficiente para libertar seu seio do sutiã e chupei seu mamilo já duro. Ela, freneticamente, começou a puxar a minha camisa, e eu a dela. Nós dois nos levantamos o suficiente para as nossas camisas serem retiradas, e jogadas no chão. Pele na pele, pélvis se esfregando juntas, ela ofegou quando levei seu outro seio na minha boca.

Eu tinha que levá-la para a cama. Eu não queria foder com ela em um sofá onde eu tinha fodido com Christy. Comprei lençóis novos, porque tudo tinha o cheiro do perfume terrível de Christy, e eu tinha que tirá-la da minha vida. Ela era como uma praga que nunca termina. Eu não queria que Spencer sentisse o cheiro do perfume de outra pessoa. Ela era a única pessoa na minha vida, e eu ia mostrar isso a ela.

— Coloque suas pernas em volta da minha cintura — eu disse, quando chupei, mais uma vez, o mamilo dela.

Suas pernas perfeitas envolveram minha cintura e eu a segurei, a beijei, a saboreei, enquanto começava a levá-la pela escada, para o meu quarto. Seus braços em volta do meu pescoço enquanto nossas bocas continuavam a devorar uma a outra, e, felizmente eu não precisava ver para onde eu estava indo. Eu não poderia desgrudar a minha boca da dela, mesmo se eu quisesse.

Chegando ao meu quarto, coloquei-a na minha cama e comecei a desabotoar sua calça jeans. Meu pau estava duro. Tão duro. Ela estava finalmente no meu quarto. Na minha cama. Em um lugar onde eu podia tomar meu tempo, devorando cada centímetro dela.

Ela levantou os quadris, o suficiente para eu deslizar seu jeans e calcinha, jogando-os no chão. Ela ficou apenas de sutiã, seu seio escorregando para fora, uma vez que eu tinha puxado o bojo para baixo, e era a mais bela visão que eu já tinha visto.

Lambendo meus lábios, minha boca salivava antecipadamente, pelo gosto que teria a sua boceta. Meu pau gritava para eu libertá-lo, brincar com ele, deixá-lo provar a sua boceta também.

Eu me ajoelhei na frente de Spencer, com ela deitada e com as pernas penduradas para fora da cama, e as abri um pouco mais, para que eu pudesse ficar entre elas. Eu já podia sentir o quanto ela me queria, e eu mal podia esperar para mergulhar dentro.

Lentamente, eu trabalhei meu caminho acima de uma coxa e depois a outra, dando beijos leves e a fazendo gemer. Eu adorava seus gemidos. Eram música para os meus ouvidos. Suas costas arquearam, seus quadris se moviam em direção à minha boca que pairava sobre seu centro.

Mergulhei minha cabeça, a minha língua encontrou a sua boceta e eu lentamente a lambi. Seus sucos espalharam-se pela minha língua, envolvendo meu paladar com seu delicioso sabor. Ela abriu mais as pernas, elevando seus quadris mais alto, e implorou para eu ir mais fundo com a minha língua.

Usando dois dedos para espalhar os lábios da sua boceta, lambi cada lado, bebendo-a e esfregando seu clitóris, fazendo-a gemer novamente. Eu podia sentir gotas de esperma saindo do meu pau. Parecia que eu ia explodir, mas, desta vez, eu iria fazer isso enterrado profundamente em Spencer.

Escorregando dois dedos dentro dela, eu continuei a lamber, fazendo-a gemer. Eu estava perdido no sabor e na sensação dela quando seu corpo ficou tenso, as mãos correndo pelo meu cabelo enquanto ela soltava outro gemido.

Eu tirei rapidamente o meu jeans e boxer ao mesmo

tempo, enquanto Spencer removia o sutiã e ficou deitada nua na minha cama. Meu pau estava latejando, doendo com a necessidade. Ela era linda. Perfeita. Engatinhei para o meio da cama, quando ela se arrastou para trás para permitir mais espaço para mim.

Enquanto eu pairava sobre ela, provei seus lábios mais uma vez, a minha língua deslizando para dentro, para duelar com a dela. Agora que ela estava nua e debaixo de mim, eu queria explorar todo o seu corpo. Eu queria sentir sua pele macia, memorizar onde ela mais gostava de ser tocada, e trabalhar as minhas mãos por todo o seu corpo.

Comecei passando minhas mãos ao longo de suas costas, quando a levantei um pouco, para que os seios dela pressionassem no meu peito, sentindo pele contra pele, novamente. Ela estava quente, mas eu estava mais. Meu sangue estava fluindo em todo o meu corpo, todos os meus nervos em alerta, amando a sensação dela no meu corpo.

Meu pau esfregava em sua coxa, avançando em direção à linha de chegada enquanto as minhas mãos continuavam a explorar sua pele, se movendo sobre a sua bunda firme e dando-lhe um aperto. Era bom tocá-la. Tocá-la como eu desejei desde o primeiro dia. Tocá-la como se eu necessitasse disso.

Nossas bocas continuaram a explorar uma a outra enquanto minhas mãos faziam exatamente isso, e então ela segurou meu rosto com as mãos e levemente mordeu meu lábio inferior. Minha respiração ficou presa, e eu lutei com toda a força que eu tinha para não gozar ali mesmo na sua perna.

— Me mordendo de novo, Spence? — eu perguntei.

Eu não podia esperar mais. Eu queria ir devagar, mas esperei muito tempo por isso. Estendi a mão em direção à mesinha de cabeceira, puxei uma camisinha e a coloquei; eu nunca quis que uma garota me prendesse, dizendo que estava grávida.

Eu afastei mais as suas pernas, o suficiente para deslizar entre elas com os meus quadris e comecei a avançar lentamente dentro da sua boceta quente, apreciando a sensação enquanto eu deslizava para dentro e depois quase completamente para fora. Eu assisti meu pau deslizando para dentro e para fora, apreciando a vista de finalmente estar com Spencer.

Seus dedos voltaram para o meu cabelo, e olhei para ela, em seguida, a beijei novamente e esqueci de ir devagar e comecei a empurrar meus quadris com mais força dentro dela. Eu não achava que seria possível, mas meu pau endureceu mais, me fazendo empurrar ainda mais forte. Eu achava que todas as bocetas eram iguais, mas estar com Spencer era diferente. Ela era diferente. Talvez fosse como eu me sentia com seu toque. Talvez fosse o cheiro dela. Talvez fosse como eu não pensava em nada mais, quando eu estava bombeando dentro dela. Talvez fosse apenas porque era *ela*.

Ela gemeu de novo, e eu não podia segurar mais tempo. Meus dentes puxaram o seu lábio inferior, da mesma forma que ela fez com o meu, e ela gozou com meu pau enterrado nela, me levando ao ápice e eu a segui em puro êxtase.

Nove

*A dor é inevitável.
O sofrimento é opcional.*

Eu sei que é clichê, mas assistir Spencer dormir, era como assistir a um anjo dormindo. Ela poderia me dizer para pular de uma ponte e eu pularia em dois segundos. Eu estava começando a me envolver ao redor de seu dedo, e você sabe de uma coisa? Eu não dou a mínima. A semana que consegui conhecê-la foi uma das melhores semanas da minha vida, apesar de Christy ainda me perseguir.

Quando desci as escadas para fazer o café da manhã, peguei meu celular em cima da mesa de centro e vi que foi Christy quem me ligou enquanto eu e Spencer estávamos nos agarrando. Era como se ela soubesse. Ela fez isso quando Spencer e eu estávamos no meu carro e agora aqui no meu apartamento.

Eu estava cansado de suas ligações, cansado das mensagens dela, e se eu soubesse como, bloquearia o contato dela no meu celular. Eu precisava conversar com Becca; ela saberia o que fazer. Assim que eu coloquei o bacon no forno para assar, Christy ligou - de novo.

— O que é? — respondi, meu sangue fervendo, apenas com a visão do nome dela aparecendo na tela. Ela tinha ligado todos os dias, várias vezes, e eu simplesmente a ignorava.

— Eu *preciso de* você — Christy lamentou.

— É sério, Christy, você precisa parar de me ligar. Parar de me mandar mensagens também — eu disse, abaixando a voz, assim Spencer não ouviria.

— Mas eu *preciso de* você.

— Eu te disse para parar de me ligar.

— Mas...

— Este não é um bom momento.

— Mas você ainda se interessa por mim?

— Não, não me interesso - eu não posso falar com você agora. Eu não vou mais fazer isso com você.

— Por quê?

— Eu disse que acabou.

— Eu aposto que eu posso fazer você mudar de ideia.

— Não, apenas pare de me ligar, por favor.

— Mas...

— Acabou e não tenho mais nada para falar — eu disse, e coloquei meu telefone na base.

Eu nem sei por que atendi. Era a mesma história, toda vez. Eu só queria que ela me deixasse em paz. Seguisse em frente. Me esquecesse.

Quebrei alguns ovos e comecei a misturá-los quando

Spencer desceu as escadas e sua camisa estava descartada no chão da minha sala. — Hum, o cheiro está tão bom.

— Espero que você esteja com fome — falei.

Depois de colocar sua camisa, ela andou por atrás de mim, colocou os braços em volta da minha cintura e encostou a cabeça nas minhas costas. Este era o lugar onde eu *precisava* estar.

Depois do café da manhã, voltamos para a casa da Spencer para que ela pudesse trocar de roupa. Íamos passar o dia juntos, e, de alguma forma eu a deixei me convencer a ir para o zoológico. Eu só queria continuar com ela na cama o dia todo e assistir filmes - ou não, e apenas continuar fodendo com ela.

Quando chegamos na casa dela, Spencer convidou Ryan para se juntar a nós. Eu não queria ser um idiota, então concordei dela vir conosco. Eu sabia que ela estava triste por causa do seu término de namoro - parecia que todo mundo estava passando por uma separação. Eu fui sortudo por encontrar Spencer, e a encontrei rapidamente.

Esperei Spencer tomar banho e se arrumar para sairmos. O tempo todo que ela estava lá, tudo o que eu pensava era nela nua. Eu tentei conversar com Ryan, mas não estava funcionando. Pedi licença dizendo que precisava checar a academia, e depois que Ryan me mostrou a direção do quarto de Spencer, eu a esperei sair do banho.

Parecia que eu tinha entrado no quarto dela enquanto seus pais estavam dormindo. Eu andava para frente e para trás - esperando. Finalmente, ouvi o chuveiro desligar, e continuei a esperar. Meu coração estava disparado como se fosse a minha primeira transa. Eu não sabia qual era o meu problema. Ela sabia que eu estava ali... Quer dizer, na casa dela.

— O que há de errado? — ela perguntou, ao entrar no quarto e me ver lá.

Eu não consegui dizer nada. Ela não estava usando nada além de um roupão, e todas as palavras me escaparam. Eu andei em sua direção, quando nossos olhos se prenderam e a movi para trás, contra a porta fechada do quarto. Eu sabia que havia um fogo em meus olhos; eu estava com um tesão da porra. Nós transamos uma cacetada de vezes na noite anterior, mas ela era como a minha droga. Eu estava viciado nela.

Minhas mãos a prenderam na porta, em cada lado do seu rosto, enquanto eu olhava em seus olhos. Ela começou a falar, questionar o que estava acontecendo, mas, em vez disso, selei meus lábios nos dela. Seu rosto ainda estava úmido do banho, seu cabelo molhado e, ela cheirava... Porra, ela cheirava tão bem que eu queria comê-la.

Eu comecei a desamarrar seu roupão quando ela quebrou nosso beijo e disse: — Espere, Ryan está aqui e pode nos ouvir.

— Ela está no banho — eu disse, e sem perder tempo, voltei minha boca para a dela e terminei de desamarrar o seu roupão.

Eu a deixei nua no lugar, seu roupão em volta dos nossos pés, fazendo meu pau pressionar e forçar contra o meu jeans. Eu considerei a possibilidade de só usar calças ou shorts esportivos perto dela, de agora em diante. Era como se meu pau estivesse sempre tentando abrir caminho, mas acabava ficando preso e se tornando claustrofóbico. Rapidamente descartei a ideia, porque toda São Francisco saberia que eu estava duro por causa dessa garota. Meu pau precisa se controlar e aguardar pela sua recompensa.

Agarrei sua bunda, puxando-a para frente, sobre a minha ereção. No momento em que a protuberância no meu jeans tocou seu centro, ela levantou minha camisa e a jogou no chão, junto com seu roupão.

— Você tem uma tatuagem... eu não vi isso na noite passada — ela disse.

Em sua defesa, eu não lhe dei muito tempo para admirar o meu corpo. Eu estava muito ocupado memorizando o dela e não a deixei ver o meu - somente tocar. Além disso, estava escuro, e seus olhos estavam fechados em êxtase, durante a maior parte da noite.

A dor é inevitável.

O sofrimento é opcional.

— Eu vou falar sobre isso quando tiver mais tempo — falei, tocando seu seio direito e o levantando o suficiente para minha língua poder girar em torno de seu mamilo.

Depois de pegar um preservativo do bolso, eu a fodi contra a porta, não perdendo tempo de levá-la para a cama. Eu a queria tanto, e não sabia quanto tempo Ryan demoraria no banho. Mais tarde, vim a descobrir que Ryan tomava banhos longos, e tivemos tempo suficiente para mais uma rodada. Ela que me aguarde da próxima vez.

Ryan ficou um pouco animada enquanto caminhávamos pelo zoológico. Eu queria Spencer só para mim, assim não teria que me apressar enquanto transava com ela, mas eu não a queria chateada comigo. Eu concordei que todos nós deveríamos ir jantar. Eu só queria estar com Spencer, e se eu tivesse que dividi-la com sua amiga, então eu dividiria.

Fomos para o MoMo, em frente ao estádio AT&T Park e conseguimos segurar uma mesa no bar lotado. Um jogo estava em andamento do outro lado da rua, e eu sabia que Spencer gostaria de assistir ao jogo, assim como eu. Ela sabia sobre a sexta-feira laranja, sem eu dizer nada. Quando fui buscá-la para o jogo do dia anterior, ela já estava vestindo a camisa laranja do Giants.

Nós apreciamos a comida, bebidas, e o beisebol, e, quando o jogo acabou, o restaurante começou a encher mais. Eu estava satisfeito, Ryan estava embriagada, e Spencer estava me dando olhares sugestivos o tempo todo. Eu mal podia esperar para ficar sozinho com ela novamente. Antes que eu pudesse sugerir de encerrarmos a noite, vi os olhos de Spencer se arregalarem e seu corpo retesar.

— O quê? — Ryan perguntou, enquanto o meu olhar tentava seguir o de Spencer.

Spencer se inclinou e sussurrou no ouvido de Ryan.

— O quê? Onde? — Ryan questionou.

Agora eu estava realmente curioso. — Onde está o quê? — perguntei.

— O ex da Spencer acabou de entrar — Ryan respondeu.

Isso pode ser interessante!

Meu punho cerrou quando me lembrei do que Spencer disse que ele fez com ela, e olhei na direção em que Spencer e Ryan estavam olhando. Eu não tinha ideia de quem ele era ou de como era, mas eu estava meio tentado a dar um soco na cara de cada cara de pé, na minha linha de visão.

— Eu vou até lá falar com ele um pouco do que eu penso! — Ryan disse, começando a se levantar.

Assim que ela disse isso, vi um cara olhar para nós e para a direita, em direção a Spencer, e soube quem eu estava olhando. Ele sussurrou algo no ouvido da garota que estava com ele, e os dois olharam de novo, fazendo o meu sangue ferver.

Que babaca!

— Oh, não, você não vai, eu não quero nada com ele — Spencer disse. Eu já estava de pé e me aproximando do idiota. — Puta merda, o que ele está fazendo?

O que eu ia fazer? Eu queria estrangular o cara e socar a cara de merda dele, por ter feito Spencer chorar e por quebrar seu coração, mas então eu percebi... Se ele nunca tivesse feito isso, eu nunca a teria conhecido. Eu nunca teria dançado com ela em Vegas, nem corrido na chuva com ela, nem dado prazer a ela com meus dedos dentro do meu carro, enquanto estávamos molhados, ou transado com ela.

— Ei — eu disse, conseguindo sua atenção.

Ele inclinou a cabeça para mim como se quisesse perguntar *"o que está acontecendo?"*

Eu vou te mostrar o que está acontecendo, filho da puta!

— Algumas semanas atrás, eu conheci aquela garota — eu disse, apontando para onde Spencer e Ryan estavam sentadas. O idiota e a garota que estava com ele se viraram e seguiram o meu dedo. — Ela é incrível. Ela tem pernas lindas, pode balançar a bunda ao ritmo da música de uma forma que eu não entendo muito bem, e quando ela grita meu nome, e não o seu, agradeço ao Senhor lá em cima, por fazer de você um idiota completo que transa com *putas* em sua mesa no trabalho. — Quando eu disse putas, a loira que estava com ele engasgou. Portanto, essa era ela. Perfeito! — Então, cara, obrigado. Obrigado por ser um idiota e me deixar tratar Spencer do jeito que ela merece ser tratada. Vocês dois tenham uma boa noite. — Me virei e caminhei de volta para Spencer, tentando não ter o maior sorriso no meu rosto, mas não adiantou, eu estava feliz. Eu estava feliz pra caramba. Beijei Spencer quando voltei para a mesa, deixando o idiota observando.

Naquela noite, Spencer me agradeceu com um delicioso boquete.

Na manhã seguinte, acordei com Spencer preparando o café da manhã e entrei na cozinha, enquanto Ryan a observava. Ryan perguntou o que íamos fazer para o aniversário de Spencer, e eu descobri que era em menos de uma semana. Então, nós decidimos passar do dia no parque de diversões Santa Cruz.

Depois do almoço, ficamos abraçados na cama de Spencer, e eu pensei comigo mesmo que poderia me acostumar a passar os domingos assim, preguiçosamente. Foi bom. Nós tentamos assistir TV, mas eu escorregava a mão aqui e ali, e a TV ficou em segundo plano, enquanto exploramos o corpo um do outro.

— Você vai me contar sobre a sua tatuagem? — Spencer perguntou enquanto descansava, nua, em sua cama.

— Ah, sim... com certeza. — Eu deixei escapar um longo suspiro e então respirei fundo. Eu odiava revisitar essa história. Foi um momento muito difícil na minha vida. Eu pensei que nunca voltaria a andar. — Lembra que eu te disse na outra noite, no jantar, que durante meu segundo ano na faculdade, eu me machuquei e nunca mais joguei de novo?

— Sim...?

— O cara que estava disputando uma vaga de quarterback comigo foi quem me machucou. Ele era sênior e assumiu que seria o jogador que estaria na partida, mas o nosso treinador disse à equipe que eu jogaria no lugar dele. Naquela noite, Jason e eu fomos a uma festa no campus e fomos atacados por seis caras... Na verdade, deveria dizer que eu fui atacado por seis caras. Eles todos me atacaram enquanto Jason tentava retirá-los de cima de mim. No final de tudo, eles conseguiram quebrar minha coluna.

— Oh, meu Deus! — Ela engoliu em seco.

— Felizmente, não houve danos à minha medula espinhal e, para encurtar uma longa história, eu tive que fazer fisioterapia por muito tempo, até que eu fosse capaz de andar novamente. Mais tarde, descobriram que os caras que me atacaram eram todos irmãos de fraternidade do meu companheiro de equipe. Ele foi expulso, mas, já que eu estava fora do time, eles tiveram que encontrar um substituto. Então, no primeiro ano, eu ainda não podia jogar, e aí acabei não jogando mais... A tatuagem me lembra de que, não importam os desafios que posso enfrentar, eu vou passar por qualquer coisa que for jogada no meu caminho. *A dor é inevitável. O sofrimento é opcional* se tornou o meu lema, e agora, Jason e eu somos muito bem sucedidos e já estamos pensando em expandir novamente.

— Você sabe o que aconteceu com o cara?

— Não, eu não o vejo desde o dia em que seus pais foram buscá-lo na faculdade. — Eu ri, lembrando como seus pais ficaram irritados.

— Isso é realmente triste. Lamento que você teve que passar por isso!

— Está tudo bem. Isso me fez mais forte e, se nada disso tivesse acontecido, eu poderia nunca ter te conhecido.

Spencer e eu passamos a noite de domingo

juntos. Algumas pessoas podem precisar de uma pausa, um do outro, por uns três dias, mas eu queria passar cada segundo que podia com ela. Eu sabia que estaria viajando com a abertura da academia de Seattle, e queria compensar aquelas duas semanas malditas, que eu não tive coragem de falar com ela.

— Becca — gritei quando ela passou pela porta do meu escritório.

— O que é, B?

— Estou tão feliz que você esteja aqui.

— Estou aqui todos os dias — ela disse, levantando uma sobrancelha.

— É verdade. De qualquer forma, sente-se. Preciso de ajuda.

— Claro, o que foi? — Becca perguntou, se sentando em uma cadeira em frente à minha mesa.

— O aniversário da Spencer está chegando. O que devo comprar pra ela?

— Ah, é mesmo? Tudo bem, deixe-me pensar. Você deve realmente gostar muito dela para lhe comprar um presente.

— O que você quer dizer com isso? — perguntei, cruzando os braços sobre o peito, me inclinando para trás, na minha cadeira.

— Eu realmente não lembro de você dar presente a uma namorada quando elas faziam aniversário ou, ainda, de você estar com alguém quando elas faziam aniversário.

Pensei por um momento. Ela estava certa. Guardei tanto meu coração, que eu nunca durava mais do que algumas semanas com alguém. Spencer e eu só estávamos namorando há uma semana, e eu não estava correndo para as colinas. Eu queria passar o aniversário dela com ela. Eu queria valorizá-la e tratá-la de um jeito especial. Ela *era* especial. Ela me fazia rir, me fazia feliz, me fazia sentir prazer, me fazia querer estar com ela a cada segundo que eu podia, e o mais importante: ela fazia eu me sentir querido.

— É verdade. Tudo bem, então me ajuda. O que devo comprar pra ela? Nós já estamos pensando em ir para o parque Santa Cruz passar o dia.

— Eu quero ir — ela disse, franzindo a testa.

— Sim, eu vou falar com ela. Tenho certeza de que ela não vai se importar.

— Legal. Bom, então... — ela suspirou, pensando. Depois de alguns segundos, ela gritou: — Já sei!

Eu pulei na minha cadeira. — Jesus, se acalma. Eu não preciso ter um ataque cardíaco e morrer antes do aniversário dela.

— Desculpe. Bem, você se lembra o que ela ia comprar em Vegas?

— Uma bolsa.

— Sim, uma Louis Vuitton.

— Nós só estamos namorando há uma semana, e você quer que eu compre pra ela uma bolsa de três mil dólares?

— Você pode encontrar uma mais barata do que isso. Vai ser perfeito. Você meio que deve isso a ela.

— Eu não ia deixá-la vencer, não importa o quanto eu quisesse transar com ela.

— Homens, vocês só pensam com o pênis de vocês — Becca disse baixinho.

— Eu ouvi isso. — Ri. — Tudo bem. Você vai comprar a bolsa para mim?

— Sim, é claro. É apenas mais uma desculpa para ir às compras. — Ela sorriu.

Jason ia me matar. Mulheres e suas compras.

— Tudo bem, te pago depois.

— Eu sei que paga. Sei onde você mora. — Ela piscou e saiu do meu escritório.

Na segunda-feira após Spencer e eu malharmos, fomos para a casa dela passar a noite. Finalmente, eu era capaz de ir para casa e apreciar a pessoa que estava comigo, mesmo que fosse na casa dela. Eu não me importava. Eu só queria acordar com ela ao meu lado.

Na terça-feira, fomos para a aula de kickboxing que eu sabia que Spencer gostava de frequentar. Enquanto nos aquecíamos, ouvi Teresa me chamar. — Oh, Brandon, aí está você.

Tentei não demonstrar qualquer emoção. Toda vez que falo com Teresa, mantenho o meu lado profissional, mesmo ela querendo que seja mais. Eu sabia que ela estava se aproximando de mim, porque eu estava com Spencer, e eu disse a ela, claramente, que Spencer era minha namorada. Não era mais uma mentira leve. Spencer era minha namorada... bem, eu nunca a pedi oficialmente para ser minha namorada. *Adultos fazem isso?*

— Oh, olá, Sra. Robinson — falei, tentando ser tão natural quanto eu conseguia.

— Brandon, você sabe que não sou casada, então, por favor, me chame de Teresa. — Ela se aproximou mais de mim e esfregou sua mão no meu braço esquerdo, demorando um pouco mais no meu bíceps. — Eu queria saber quando você me dará aquela aula particular da qual falamos.

Não desta vez!

Dei um passo mais perto de Spencer. — Teresa, lembra que conversamos que eu indicaria um dos meus melhores personal trainers?

— Eu lembro, querido, mas eu queria que *você* fosse o meu personal. — Os olhos de Teresa arremessaram punhais em Spencer. Spencer pegou minha mão e a apertou de leve.

Sim, Spencer era minha namorada.

— Teresa, você sabe que eu não treino alunos, eu apenas trabalho na administração, foi por isso que eu indiquei que você fizesse aula com um dos meus melhores professores.

— Você não vai fazer uma exceção? Eu estou interessada em mais de uma sessão particular e eu pago o preço que for.

Eu sabia que o olhar que Teresa estava me dando

era para me excitar, mas estava tendo o efeito contrário. — Teresa, vamos conversar sobre isso amanhã, se você puder vir ao meu escritório antes das cinco horas... Posso te mostrar o arquivo com os professores que temos. Eu não tenho tempo para acompanhar treinos, com a expansão de Seattle em andamento, mas eu faço um preço razoável e você terá apenas que escolher entre os meus melhores professores.

— Já que você insiste, vou te ver amanhã. — Teresa piscou para mim, então se afastou, se dirigindo para a frente da classe quando o instrutor colocou a música para iniciar a aula.

As coisas estavam indo perfeitas demais e eu não precisava de uma coroa rica fazendo com que isso desmoronasse. Inferno, quando Christy pegou as coisas dela na semana passada, Becca estava lá para ter certeza de que ela não me prenderia com nada. Eu fui em todos os cantos do apartamento, para me certificar de que peguei todas as merdas dela, e não disse sequer uma palavra a ela. Eu não queria nada com qualquer mulher, somente Spencer.

Dez

*A dor é inevitável.
O sofrimento é opcional.*

Jason e eu precisávamos ir para Seattle verificar o prédio que estávamos planejando comprar. Tudo estava em ordem; só queríamos apenas ter certeza de que o proprietário não tinha destruído nada e se realmente queríamos comprar, em especial, esta academia.

Como na maioria das noites, Spencer e eu fizemos sexo incrível, mas desta vez foi diferente. Ela fez a minha posição favorita, e agora não só eu sonharia com ela, como sonharia com ela me cavalgando de costas e sua bunda quicando na minha linha de visão. Porra, eu adorava cowgirl reverso!

— Tire a boceta da Spencer de sua cabeça e entre no jogo — Jason disse, me tirando dos meus pensamentos.

— O quê? — perguntei, olhando para ele. Ele estava sentado próximo a mim, no assento da janela do avião, enquanto eu estava sentado no corredor, na primeira classe.

— Eu sei que você foi derrotado por uma boceta, mas você precisa se concentrar. Não quero que esse cara ache que ele pode nos passar a perna.

— Cara, eu vou. Eu nunca deixei que nos enganassem antes.

— Você nunca esteve apaixonado antes.

— Eu...

Apaixonado? Eu estava?

— Desde que te conheço, você nunca agiu assim com ninguém antes. Você está apaixonado.

Eu sabia que Spencer consumia cada pensamento meu. Eu sabia que queria passar cada minuto com ela, e eu sabia que, se ela saísse da minha vida, eu ficaria arrasado.

— Você está certo — eu disse.

— Certo. Então, não estrague tudo. Vamos jogar duro com eles, e então hoje à noite você e Spencer podem fazer sexo por telefone enquanto eu fico bêbado no bar do hotel.

O plano de Jason para me fazer parar de pensar em Spencer saiu pela culatra. Agora, eu estava pensando em como eu a amava.

)(

Jason não precisou se preocupar em manter minha cabeça no jogo; o proprietário não apareceu. A academia que estávamos tentando comprar era de um cara que estava pronto para declarar falência. Nosso corretor, Paul, estava oferecendo a esse cara uma saída para que ele não tivesse que se submeter, e então ele teve a coragem de não aparecer.

Nós verificamos o interior, fingindo estarmos interessados em ingressar na academia e ver o que nós precisávamos fazer com este lugar. Depois de verificar por mais ou menos uma hora, e perceber que o proprietário não viria, nós nos registramos em nosso hotel.

Quando chegamos ao quarto, eu recebi um SMS de Spencer, e, assim como todas as outras vezes, coloquei um sorriso no meu rosto:

Spencer: **Oi, querido! Como foi seu dia?**

Eu: **Oi, amor, foi tudo bem. O proprietário deveria encontrar-se com a gente, mas ele esqueceu. Praticamente perda de tempo, mas vimos o lugar e a boa notícia é que não é um lixo! Como foi seu dia?**

— Deixe eu adivinhar. Spencer? — Jason perguntou.

— Sai daqui. Vai ligar para Becca.

— Eu não preciso falar com ela a cada segundo livre que eu tenho.

— Você fez isso quando começou a namorar na faculdade. Eu lembro de você seguindo-a por todo o campus.

Spencer: **Foi bom. Acho que o artigo sobre a academia está quase pronto para ir ao ar! Minha chefe acha que nossa newsletter de dezembro será enviada por e-mail.** ☺

— Sim, claro! — Jason riu e caiu sobre uma das camas.

— É verdade. Você parecia um cachorrinho. Ela não conseguia resistir e levava você pra casa.

— Isso era parte do plano. — Ele riu de novo.

Eu apenas sorrio para ele. Ele não tinha moral para

falar. — Spencer disse que o artigo sobre a academia deve sair em dezembro.

— Legal! Estou com fome. Manda o SMS e vamos.

Eu: **Perfeito! Jason e eu estamos prestes a sair para jantar. Você ainda vai sair com Ryan?**

— Me dê mais alguns minutos. Eu tenho que mijar.

Spencer: *Sim, eu estou me arrumando.*

— Bem, mije e mande o SMS ao mesmo tempo, então — ele disse.

Eu: **Legal, ligue para mim, quando chegar em casa.**

Spencer: *Ok. Vai ser meio estranho dormir sem você ao meu lado esta noite.*

Eu: **Eu estava pensando a mesma coisa! Prometo compensar você amanhã à noite e neste fim de semana, já que é o seu aniversário!**

Spencer: *Mal posso esperar! Eu te ligo mais tarde.*

Eu: **Oh, Spence...**

Spencer: *Sim?*

Eu: **A noite passada foi incrível!**

Spencer: *Só a noite passada?*

Eu: **Você sabe o que eu quero dizer! Acho que preciso sair da cidade com mais frequência, para ganhar sexo como o da noite passada!**

Spencer: *Ha! Só não queria que você me esquecesse.*

Eu: **Você não é tão fácil de esquecer.**

Spencer: *Bom! Divirta-se com Jason.*

Eu: *Divirta-se com Ryan, e cuidado. Mas eu estou ansioso para receber mensagens de textos bêbadas!* ☺

Spencer: *Eu vou ver o que posso fazer!*

Agora eu estava duro... de novo.

No dia seguinte, peguei Spencer para jantar antes da exposição de Becca. Eu mal podia esperar para vê-la, e meu pau me deixou desconfortável no meu jeans, quando a vi em um vestido. Eu tentei me conter. Eu poderia passar o jantar e a exposição de Becca. Não poderia ser mais do que algumas horas.

— Amor, ontem à noite, eu recebi uma estranha mensagem de texto, de um número que eu não conheço — Spencer falou, depois de dar uma mordida em seu hambúrguer.

— Tudo bem?

Spencer me entregou o telefone. — Vou deixar você ler.

Desconhecido: **Pergunte a Brandon onde ele realmente está, sua puta!**

Eu vi vermelho. Puta do caralho. Como diabos ela conseguiu o número de Spencer?

— Você sabe de quem é?

— Sim, é a minha ex, Christy. Meu amor, eu sinto muito por isso. Ela não tem o direito de mandar mensagens para você.

— Como ela conseguiu meu número?

— Eu não tenho ideia... Bom, há algumas semanas, ela foi até lá em casa, buscar as coisas que ela não havia levado quando terminamos. Não me lembro se deixei o celular na cozinha quando fui até o quarto buscar as coisas dela. Mas, amor, você sabe que eu estava mesmo em Seattle, né?

— Sim, claro! Eu só não entendo porque ela me mandaria uma mensagem.

— Ela só está tentando criar problemas entre nós, porque terminamos. Juro a você que Jason e eu estávamos realmente em Seattle. Posso até mostrar o meu cartão de embarque.

Eu vou matar Christy!

— Amor, eu acredito em você. Só achei estranho que ela tivesse mandado enquanto você estava fora da cidade.

Suspirando, eu disse: — Eu realmente não queria te arrastar para o meu drama. Mas já que ela conseguiu envolver você e agora tem o seu número de telefone, você precisa saber. Christy vem ligando e me perturbando todos os dias, desde que terminamos. Desde que ela veio ao meu apartamento pegar as suas coisas, eu praticamente ignoro as suas ligações. Algumas vezes, eu atendi, porque fiquei furioso com ela. Eu disse a ela várias vezes para me deixar em paz e parar de ligar. Tentei ser sincero com ela dizendo que eu segui em frente e encontrei alguém por quem eu sou louco, mas ela simplesmente não para.

— Eu sinto muito que você esteja passando por um momento tão difícil. Mesmo sendo uma situação tão ruim, eu queria que você tivesse me dito.

— Eu sei, amor, mas eu não queria te arrastar para o meu drama. Eu pensei até em mudar o número, mas é uma complicação tão grande e eu realmente não queria te sobrecarregar com tudo isso. Eu nunca imaginei que ela fosse atrás de você para tentar nos separar.

— Acho que eu ouvi você falando com ela, na manhã do sábado passado.

— Você ouviu?

— Sim, mas eu não sabia que ela estava assediando você. Eu ainda não entendo como ela conseguiu meu número. Mesmo que ela tenha conseguido pegar seu celular, como ela saberia a meu respeito?

— Tudo o que ela teria que fazer era ler as nossas mensagens e essa era a única forma dela descobrir isso. A única pessoa que eu mando mensagens, além de você, é para Jason, mas nossas mensagens são definitivamente de uma natureza diferente.

Como foi que Spencer não surtou sobre Christy ainda entrar em contato comigo? Se fosse o ex-namorado dela a assediando, eu ficaria furioso. Ela não tinha nada para se preocupar, mas eu esperava que ela agisse de forma diferente sobre Christy querendo nos separar. Fiquei aliviado que não estava funcionando. Se Christy nos separasse, eu entraria com a ordem de restrição tão rápido, que sua cabeça viraria.

Eu estava começando a odiar essa mulher. Eu estava quase no meu limite.

Depois do jantar, fomos para a exposição de Becca. Eu estava tão orgulhoso dela. Eu sabia o quanto ela queria ser fotógrafa e vender suas fotografias. Ela tinha um talento natural. Quando chegamos, Ryan estava do lado de fora com o novamente namorado, Max. Eu não sabia de toda história, só que tinham resolvido seus problemas.

Ryan estava realmente sorrindo. Foi a primeira vez que vi um sorriso natural em seu rosto, desde que Spencer e eu começamos a namorar.

Depois de nos cumprimentamos, caminhamos para dentro, e eu procurei por Jason e Becca. Eu os avistei conversando com pessoas que eu não conhecia. Jason me viu quando entramos, e nós demos um ao outro um aceno de cabeça. Ele diria a Becca que estávamos lá, e eu não queria interrompê-los, especialmente se Becca estivesse tentando vender uma fotografia.

— Quer um pouco de champanhe? — perguntei a Spencer.

— Sim, por favor.

— Max, quer pegar algumas taças comigo?

— Claro.

Eu não sabia o que fazer com Max. Ele parecia legal. O que quer que tivesse acontecido com ele e Ryan não era da minha conta.

— Eu sei que isso vai soar estranho, mas obrigado por terminar com Ryan — eu disse.

Suas sobrancelhas franziram, e ele olhou para mim como se tivesse crescido duas cabeças em mim. — O quê?

— Desculpe, não me expressei direito. Se você nunca tivesse terminado com a Ryan, não tenho certeza se eu teria chegado a conhecer Spencer.

— Eu não entendo como isso tem alguma ligação — ele disse, quando cada um de nós levantou dois dedos para o barman.

— Vegas foi onde eu conheci oficialmente Spencer.

— Oh. Eu não sabia que elas foram a Vegas.

O barman nos entregou as taças de champanhe quando meus olhos se arregalaram e eu engoli em seco. Eu não sabia que ele não sabia que elas foram a Vegas.

— Oh, sim. Dois fins de semana atrás.

— Uma semana depois que Ryan e eu nos separamos...

— Sim, mas pelo que eu vi, ela não ficou com ninguém. — Eu estava me referindo a Ryan, mas depois eu comecei a pensar se Spencer tinha ficado com alguém.

— Como você sabe? Você estava com elas o tempo todo?

— Não, mas eu as vi na sexta-feira e sábado à noite. Elas

estavam juntas... Sem nenhum cara.

— A não ser você.

— Não exatamente. — Nos viramos para voltar para as meninas. — Eu as vi à noite - uma vez em um clube onde Ryan só estava dançando com Spencer e, em seguida, no sábado, elas entraram na sala de High Roller que eu estava.

— Sala de High Roller?

— Sim, Spencer jogou. Eu levei seu dinheiro.

Max riu. Eu deveria me sentir mal com isso. — Bem, mesmo se você estiver errado, nós não estávamos juntos.

— Eu sei. Mas posso garantir que ela só pensava em você. Nestas últimas semanas, tudo o que eu a vi fazer foi se lamentar pela casa.

Estávamos chegando perto das meninas, e, de alguma forma, eu precisava convencer Max de que Ryan não fez nada. Eu me senti mal por trazer o assunto Vegas, mas eu não sabia que ele não sabia. Antes que eu pudesse dizer algo indelicado ou completamente constrangedor, Max aliviou minhas preocupações.

— Sim, eu fui um idiota. Amanhã à noite, eu vou fazer as pazes com ela depois que voltarmos de Santa Cruz - ou enquanto estivermos lá. Depende do que vamos fazer para o aniversário de Spencer. Eu não quero estragar o aniversário, mas eu vou pedi-la em casamento amanhã.

Acho que, às vezes, é preciso uma mulher sair da sua vida para você perceber que ela é a única que você está destinado a respeitar. Eu nunca deixaria Spencer sair da minha vida. Eu tinha me apaixonado por ela, e tinha certeza disso.

— Parabéns, cara — eu disse quando tocamos nossos copos juntos, antes de caminharmos até as meninas.

— Mal posso esperar para levar você para casa e te tirar desse vestido. Eu não tirei os olhos das suas pernas a noite toda — eu disse, sussurrando no ouvido de Spencer.

Sussurrando de volta no meu ouvido, ela respondeu: — Eu não posso imaginar o que aconteceria se você tivesse ficado fora por duas noites, Sr. Montgomery.

— Se isso acontecesse, nós não esperaríamos o término de qualquer evento antes que eu arrancasse as suas roupas. Nós provavelmente precisaríamos pular o jantar — eu disse e, em seguida, beijei a bochecha dela e apertei sua bunda.

Continuamos a olhar as obras de Becca e, finalmente dissemos "oi" aos Taylor, quando Becca teve um momento livre. Todo mundo estava indo embora. Mesmo querendo enterrar meu pau na boceta da Spencer, porque suas pernas estavam me deixando louco, ficamos para apoiar meus amigos - nossos amigos. Jason e Becca gostavam de Spencer e ela gostava deles. Eu não poderia dizer o mesmo sobre a maioria das garotas com quem namorei.

Todos nós saímos da galeria e esperamos Becca trancar tudo para que pudéssemos ir beber juntos, quando vi Christy de pé contra um poste de luz a poucos metros da galeria. Ela olhou para todos nós e imediatamente começou a andar em nossa direção. A visão dela e saber que ela, não só estava me assediando, mas à Spencer também, fez meu sangue ferver. Eu vi vermelho.

Eu geralmente não era um homem de perder o controle, mas, quanto mais ela pressionava, mais ela estava me quebrando - e não em um bom sentido.

— Que diabos você está fazendo aqui, Christy? — falei asperamente. Eu tentei manter minhas emoções sob controle. Não queria que Spencer pensasse que eu era um idiota, mas foda-se se eu não queria pegar a cara de Christy e gritar até que ela fosse embora.

— Eu preciso falar com você — ela disse.

Antes que eu percebesse, eu tinha largado a mão de Spencer e estava no rosto de Christy. — Olha, agora não é a hora nem o lugar para conversar. Eu já te disse centenas de vezes que não quero falar com você. Deixe-me em paz ou eu vou dar entrada em uma ordem de restrição... e pare de assediar Spencer também!

Virei-me para voltar para Spencer quando o que Christy falou me fez parar no meio do caminho.

— Estou grávida!

— Grávida? Ela acabou de dizer grávida? — Ouvi Spencer sussurrando para Ryan.

— Porra! — Ryan disse, e Becca suspirou.

— E o que eu tenho a ver com isso? — eu disse entre dentes, me voltando ligeiramente para trás, para ela.

— O filho é seu!

— Oh, inferno, não! — Jason gritou.

Meu mundo estava começando a desmoronar ao meu redor. Como se fosse em câmera lenta. Christy estava grávida de um filho meu. Como isso era possível?

Olhei para Spencer, com os olhos colados em Christy quando ela começou a falar com Ryan sem se virar para ela. — Ryan...

— Sim? — Ryan perguntou, não desviando o olhar de Christy também.

Eu estava tentando ler o rosto de Spencer. Ele estava em branco, e eu não sabia o que fazer.

— Me belisca — Spencer disse.

Eu olhei para Ryan. — O quê? — ela perguntou, finalmente olhando para longe de Christy e para Spencer.

— Ryan, você precisa me beliscar. Agora, já! Por favor, me acorde! Isso não pode estar acontecendo! — Spencer gemeu.

— O que você quer dizer com estar grávida de um filho meu? Nós terminamos semanas atrás! — Eu estava gritando. Eu não me importava. Isso não estava acontecendo. Eu estava com Spencer. Isto era um sonho; eu só precisava acordar.

— Estou grávida de seis semanas.

— Isso é impossível.

Meu coração doía. Meu coração estava partido e minha vida estava acabando. Como pode duas palavras destruírem a minha vida, em menos de um minuto? Isso não era possível. Quanto mais Christy falava, mais eu queria acordar. Eu queria acordar na cama com Spencer e puxá-la para perto de mim, recuperar o fôlego quando percebesse que era apenas um sonho.

Mas eu não estava acordando.

— Eu furei todos os preservativos!

— Que diabos, Christy! Você está falando sério? Você não pode ter feito algo tão doentio. Você está louca, porra? — Eu comecei a andar. Eu não sabia mais o que fazer. Spencer não estava correndo ainda, mas eu tinha a sensação de que ela correria. Nós não estávamos juntos há tanto tempo, e quem iria querer essa bagagem, especialmente quando era anexado a Christy?

— Eu tinha certeza de que você não valia nada — Jason falou.

— Christy, você está no meu local de trabalho e, antes de causar uma cena maior, você precisa ir embora. Você e Brandon precisam discutir isso em particular — Becca disse, quando se colocou entre Christy e eu.

Eu silenciosamente agradeci a Becca. Eu não podia deixar Spencer ver mais nada disso. O olhar em seu rosto estava quebrando meu coração ainda mais. Ela apenas ficou lá, nos observando, e eu só queria envolvê-la em meus braços e dizer que nada disso era verdade.

— Meu amor... — eu disse, ficando na frente de Spencer - ao nível dos olhos dela. — Ryan e Max vão te levar para casa. Eu vou pra lá depois que conversar com Christy e resolver essa merda. — Olhei para Max, e ele acenou com a cabeça para mim. Beijei levemente Spencer, temendo que essa fosse a última vez.

Onze

*A dor é inevitável.
O sofrimento é opcional.*

Não havia a menor chance de eu ficar sozinho com Christy. Eu não sabia o que ela estava planejando, mas eu ia deixar meus amigos ficarem comigo. Depois que Spencer, Ryan e Max foram embora, me virei para Becca.

— Podemos conversar lá dentro?

— Sim, há uma pequena sala de descanso na parte de trás.

— Vocês dois vêm também. Eu não quero ficar sozinho com ela — falei, enquanto Becca colocava a chave na fechadura.

Christy nos seguiu em silêncio. Eu precisava de álcool, mas o garçom não deixou nenhum para trás.

— Como é que eu sei que é meu? — eu disse num tom contrariado, assim que entramos na pequena sala com uma mesa redonda com quatro cadeiras, no centro. Sentamos todos ao redor da mesa, meus dois amigos, um de cada lado meu e Christy em frente a mim.

— Eu te amo. Eu não estive com mais ninguém. — Uma lágrima rolou pelo rosto de Christy.

— Você falou sério quando disse que furou os preservativos? — Jason perguntou.

— Sim — Christy disse, murmurando baixinho.

— Por que você faria uma coisa dessas? — Becca questionou.

Eu queria saber também. Ela era mais louca do que eu pensava.

— Porque eu sabia que ele ia me deixar. Ele trabalhava muito, estava me traindo...

— Eu nunca te traí! — eu berrei.

— Eu só quero ficar com você. Eu quero ficar com você para sempre — Christy disse, olhando para mim, enquanto mais lágrimas rolavam pelo seu rosto.

Geralmente, eu não gosto quando uma mulher chora, mas isso... isso era insano. Eu não me importava se ela estava sofrendo. Ela estava me destruindo. Destruindo a minha relação com Spencer.

— Você está dizendo isso só porque você quer que eu e Spencer terminemos? — perguntei.

— Não, aqui — disse ela, vasculhando sua bolsa e colocando um frasco de vitaminas em cima da mesa. — Aqui, esse é do meu médico.

Ela me entregou uma foto. Era preta e branca com um círculo preto no meio dela. Eu não sabia o que eu estava olhando, mas parecia algo que você vê quando alguém está tentando convencê-lo de que eles viram um OVNI à noite.

— Ah, cacete! — Becca disse, olhando por cima do meu ombro.

— O quê? — Jason perguntou, olhando por cima do meu outro ombro.

— É um ultrassom. Bem ali. — Becca apontou para um pequeno círculo na borda interna do círculo preto. — Esta é a bolsa - seu filho.

— Bem, nós não sabemos se é do Brandon — Jason disse.

— É do Brandon — Christy confirmou.

— Nós vamos nos certificar disso — Becca disse, cruzando os braços sobre o peito e dando a Christy um olhar de morte.

— Nós temos um futuro agora — Christy disse.

Eu ergui os olhos para ela. — O quê?

— Você disse que não havia futuro para nós, no meu apartamento. Mas, claramente, temos um futuro.

— Christy... — Fiz uma pausa, tentando não perder o meu controle de novo. — Nós — eu disse gesticulando entre nós — não temos futuro. Sim, esse filho pode ser meu, mas isso não muda o fato de que eu não quero ficar com você.

— Por que não? — ela questionou.

— Porque... eu amo a Spencer!

Os olhos de Christy se arregalaram e seu rosto ficou vermelho. — Não — ela gritou, ficando de pé e derrubando a cadeira no chão.

— Sim! — gritei, imitando sua postura.

— Olha, não há nada que possamos fazer esta noite. Christy, vá para casa. Envie um e-mail para Brandon, avisando quando será sua próxima consulta médica, e eu vou me certificar de que ele vá — Becca disse.

— Tudo bem! — Christy disse, correndo para fora da porta, chorando.

Sentei de volta na cadeira na qual fiquei quando entrei. — Eu não acredito nisso.

— Pode não ser seu filho — Becca disse, esfregando meu ombro levemente.

— E se for?

— Então, vamos amar essa criança — Becca disse.

— Eu espero que não seja seu — Jason disse.

— Não brinca. — Eu ri um pouco. Era bom rir. — Mas... Spencer. Ela vai me deixar.

— Ela sabe que você a ama? — Becca perguntou. — Eu com certeza não soube que Jason me amava no começo do nosso relacionamento - mesmo que eu pensasse que sim.

— Eu sabia — Jason disse, colocando a língua pra fora, para sua esposa.

— Não, ela não sabe.

— Isto é o que você fará. Você precisa dizer a ela que

você a ama. Você precisa dizer que, mesmo que o filho seja seu, isso não muda o que você sente por ela. Se Spencer realmente se importar e quiser ficar com você, ela não vai fugir. Pode levar algum tempo para ela assimilar e aceitar isso... inferno, eu acho que vai levar algum tempo para todos nós assimilarmos e aceitarmos isso também, mas Spencer é um doce. Eu nunca vi você assim — Becca disse.

— Eu espero que ela queira me ver.

— Ela vai querer te ver, B — Becca disse, continuando a esfregar o meu ombro e minhas costas.

— Se ela não quiser, eu estarei preparado com uma garrafa de Fireball — Jason disse.

Por todo o caminho que dirigi até a casa de Spencer, tentei formular o que eu ia dizer. Tentei não chorar. Eu era homem, mas o que você diz para a mulher que você ama quando engravidou outra garota? Embora, a verdade é que isso foi antes mesmo de Spencer e eu ficarmos juntos, mas como ela poderia querer me ajudar a criar um filho que não é dela? Quando eu disse a Jason que eu ia casar com Spencer, na primeira vez que a vi, eu não imaginava o quão verdadeiro isso era.

Eu não estava pronto para propor casamento ainda - só estávamos juntos há algumas semanas - mas eu a via na minha vida, para sempre. Eu a queria na minha vida para sempre, e agora Christy... foda! O que eu fiz para merecer Christy? Eu sempre pensei que eu fosse um cara bom, mas agora eu me sentia como se o carma estivesse tentando morder a minha bunda.

Estacionei na garagem de Spencer como eu sempre fazia e caminhei até a porta. Minhas mãos estavam suando, meu coração estava acelerado, e eu senti como se houvesse algo na minha garganta. Bati na porta e esperei. Parecia que anos se passaram enquanto eu estava ali no frio, à noite.

No momento em que Spencer abriu a porta, tudo se encaixou. Eu a vi com o rosto coberto de lágrimas, e eu me prometi nunca fazê-la se sentir dessa forma novamente, se ela decidisse não me deixar.

Eu a empurrei contra a parede, entre a porta e a sala de jantar, segurei seu rosto e a beijei como se ela fosse o meu último desejo. Quando eu a ergui, ela enrolou as pernas em volta da minha cintura e, enquanto nós nos beijávamos, tranquei a porta atrás de mim e comecei a caminhar para o quarto dela. Eu não sabia onde Ryan ou Max estavam, mas eu precisava falar com Spencer em particular.

Depois de fechar a porta do quarto, eu a coloquei para baixo, na cama dela. Eu não queria soltá-la. Me deu vontade de abraçá-la o máximo de tempo possível, então, eu a segurei; quanto mais tempo ela ficava comigo, mas eu precisava ver o rosto dela. Seu rosto me fazia feliz, e naquele momento, eu não estava feliz.

Eu me ajoelhei na frente dela. — Spencer, eu posso explicar tudo. Por favor, não me deixe — eu disse, nossos olhos se encontraram.

— O quê? Não...

— Apenas me deixe falar, eu preciso esclarecer — eu disse, cortando-a. Eu não queria dar a ela a chance de esmagar meu coração ainda mais. — Para mim, nada mais importa além de você, Spencer. Nada. Você é o que eu quero, você é tudo o que eu preciso. Onde você está é onde eu preciso estar. Eu preciso de você na minha vida. Nada do que Christy me dissesse poderia ser tão importante quanto você é para mim. Vou amar este bebê e ser o melhor pai que eu puder, mas eu quero você comigo... Eu estou... eu estou apaixonado por você.

— Você... você me ama?

— Sim, eu te amo! Eu nunca conheci ninguém como você. Eu não consigo tirar você da minha cabeça. Eu penso em você o tempo todo, todos os dias. Odiei estar longe de você quando fui a Seattle e foi apenas por um dia. Eu não consigo imaginar minha vida sem você. Por favor, não termina comigo.

— Eu amo você também — ela sussurrou.

— Você me ama? — Meu coração parou, esperando que ela repetisse o que disse, tendo certeza de que ouvi direito.

— Claro que eu...

Cortei-a novamente, desta vez com a minha boca, beijando-a. Entre beijos, comecei a falar novamente. — Spencer, depois de todas as notícias... do que eu ouvi hoje... você me fez... tão feliz!

No dia seguinte, no aniversário de Spencer, eu a levei para Pebble Beach, em vez de Santa Cruz. Eu queria ficar sozinho com ela. Eu queria que fosse apenas ela e eu. Sem Jason, sem Becca, sem Ryan, sem Christy... somente nós.

Eu já tinha seu presente de aniversário no carro, e, enquanto dirigia para Pebble Beach, pensei sobre a chave que eu tinha embrulhado, como um dos presentes. Era a chave do meu apartamento, mas eu percebi também que era a chave do meu coração.

Doze

*A dor é inevitável.
O sofrimento é opcional.*

Além de Christy me dizendo que eu precisava pagar seus quinhentos dólares quando a vi no MoMo, quando eu estava com Spencer e Ryan, eu não tinha ouvido uma palavra dela. Fazia duas semanas, e eu ainda estava esperando pelo e-mail dela, para me dizer quando seria sua próxima consulta médica. Eu ia conversar com o médico e ter certeza se era possível eu ser o pai. Eu ainda não queria acreditar nisso.

Eu não estava feliz em ser pai. Eu sempre quis ser, mas não do jeito que estava acontecendo. Eu não queria um filho com Christy, mas, a cada dia, se aproximava mais o dia em que eu iria segurar meu filho nos meus braços, e eu tinha que lembrar que não era culpa da criança. Ele era meu.

Eu não sabia como funcionava isso tudo, mas eu precisava transformar meu escritório de casa em um quarto de criança. Precisava iniciar um fundo para a faculdade. Precisava contar aos meus pais. Minha mãe ficaria feliz - em êxtase mesmo - e talvez até mesmo meu pai ficaria também, mas eles não conheciam Christy. Eles não sabiam que ela era louca.

E se meu filho fosse louco também?

Minha mente não desligava. À noite, eu pensava sobre com quem o bebê se pareceria, como ele seria, ou se

Spencer finalmente se cansaria e me deixaria. Pensei em pegar a custódia total do meu filho, porque Christy não tinha condições de educar uma criança. Ela nem sequer tinha um emprego, pelo amor de Deus.

— Ei, tem um segundo? — Jason perguntou, entrando em meu escritório e me tirando dos meus pensamentos.

— Sim, o que houve?

— Talvez eu tenha algo que possa te fazer feliz com seu filho.

— O que diabos isso significa? — perguntei, erguendo minhas sobrancelhas.

— Bem... — ele começou a dizer. Um enorme sorriso se espalhou por seu rosto. — Becca está grávida.

— O quê? — perguntei, um sorriso se espalhando instantaneamente no meu rosto também.

— Bem, não sabemos com certeza, mas ela fez um teste ontem à noite, e deu positivo.

— Puta merda! — eu disse, contornando minha mesa para abraçá-lo.

— Sim, assim os nossos filhos vão crescer juntos.

— É... nossos filhos vão crescer juntos.

Descobrir que meus melhores amigos talvez tivessem um filho não muda o fato de que eu queria que o filho que Christy estava carregando não fosse meu.

Todo dia, eu emoldurava um sorriso no rosto. Tentei fingir que estava tudo bem em ter um filho com Christy, mas eu não estava bem. Eu sabia que todo mundo estava solidário em relação à criança, embora eu escondesse a minha tristeza de todos, especialmente de Spencer. Ela teve um pesadelo algumas semanas atrás em que eu a traía com Christy. Não havia a menor possibilidade de merda de que isso se tornasse realidade.

Spencer era o meu alicerce número um, colando do meu lado, quando eu pensei que ela correria para o outro. Eu, a cada dia, a amava mais. Não sei ao certo como eu enfrentaria isso, se Spencer não estivesse na minha vida. Ela era o meu mundo, o meu sol, e mesmo que eu estivesse deprimido por ter um filho, Spencer tinha sempre um jeito de colocar um sorriso no meu rosto.

— Deixe-me te mostrar a casa — Spencer disse.

Estávamos na festa de noivado de Ryan e Max, na casa dos pais de Ryan. Era um momento de felicidade... um momento para celebrar. No decorrer das últimas semanas, Ryan e Max tinham se tornado grandes amigos meus. Max jogou pôquer com a gente algumas vezes e tinha aceitado andar de mountain bike com a gente, antes de chegar o inverno.

— Tudo bem — eu disse, pegando a mão de Spencer. Ela me levou por toda casa, me mostrando cada cômodo. Um dia, eu teria uma casa como essa. Era um lugar perfeito para criar filhos. Suspirei com a ideia, mas continuei sorrindo, seguindo a minha menina.

Assisti Spencer subir as escadas, puxando minha mão. Ela estava usando o vestido que eu tanto amava. Spencer fazia eu me sentir bem. Não era só com o sexo, apesar dessa ser uma das melhores formas de me ajudar a não me estressar por me tornar pai, antes que eu estivesse preparado.

Nós caminhamos para o quarto de infância de Ryan. Depois de olhar ao redor, puxei Spencer de volta para trás, antes que ela pudesse sair pela porta. Ela olhou para mim enquanto minha boca salivava; só de pensar nela, meus olhos queimaram de desejo.

— Oh, não, nós não vamos fazer isso aqui — ela disse, tentando me afastar. Sem dizer uma palavra, eu estiquei o braço e tranquei a porta. — Meu amor, *não podemos* fazer sexo no quarto de infância de Ryan!

— Você está usando vestido de novo.

Olhei em volta do quarto. Eu não queria que ninguém nos ouvisse e isso envergonhasse Spencer, mas eu tinha que tê-la. Suas pernas sempre me deixavam com tesão, e eu só queria transar com ela, sentir seu gosto, lambê-la e a fazer gemer. Eu a levei para o banheiro que era conectado ao quarto e tranquei a porta atrás de nós.

Spencer se virou para mim, e sem dizer uma palavra, se jogou em mim, envolvendo os braços em volta do meu pescoço, enquanto nossas bocas se uniam e nossas línguas provavam uma a do outro. Ela estava rapidamente assumindo a situação. Eu não me importei, embora eu não soubesse ao certo o que a deixou excitada e que a fez começar a me atacar. Eu estava curtindo cada minuto disso, enquanto ela passava a língua ao longo do meu pescoço, para baixo e para cima, encontrando o lóbulo da minha orelha.

Um arrepio correu através de mim, formigamento colidindo com a minha pele; seu toque era tudo o que eu precisava para me enviar em um frenesi. Deixei escapar um gemido, empurrando suas costas contra a pia do banheiro. Meu pau estava duro, pressionando nela, através do meu jeans, e eu agarrei sua bunda, puxando-a mais para perto de mim, para sentir o atrito dos nossos corpos, que estavam quentes, um para o outro. Ela estendeu a mão para o fecho da minha calça, abrindo-a enquanto eu apertava seus seios através de seu vestido.

Continuei deixando que ela assumisse o controle, liberando o meu pau da minha calça e agarrando meu comprimento duro, depois que eu empurrei o meu jeans até meus tornozelos. Ela acariciou meu pau, da base à ponta, fazendo com que minhas pernas fraquejassem com o seu toque. O jeito que ela bombeava o meu eixo estava me deixando em estado eufórico. Eu adorava a sensação da sua mão macia deslizando para cima e para baixo, recolhendo meu líquido pré-gozo e lubrificando meu pau.

A qualquer momento eu ia gozar. Eu a agarrei de volta, colocando-a em cima do balcão e empurrei seu vestido até em cima dos quadris. Sua calcinha estava totalmente molhada, sua boceta pronta para o meu toque. Saindo do seu toque, afastei sua calcinha para o lado, me ajoelhando na frente dela, e chupei sua boceta doce.

As mãos dela foram para o meu cabelo como sempre iam quando eu fazia sexo oral nela, e ela gemia enquanto minha língua mergulhava em suas dobras. Lambendo seu suco que vazava, o cheiro encheu minhas narinas e fez meu pau endurecer até o limite da dor. Eu nunca poderia ter o suficiente de Spencer. Ela sabia onde me tocar e sabia quando me deixar tomar o controle de volta. Ela era exuberante e era só minha.

Eu não ia deixar que nada nos separasse. Eu lutaria por ela se fosse preciso. Christy não ganharia esta guerra. Eu ganharia. Eu amava Spencer. Eu a amava pra cacete, e imploraria por ela, se fosse preciso, se ela me deixasse por causa de Christy e do bebê.

Spencer nunca me deu qualquer indicação de que fosse me deixar, mas todo dia eu me preocupava. Eu mostrava a ela o quanto a amava. Mostrava o quanto eu precisava dela. Ela era a minha morena gostosa, e tive sorte de encontrá-la.

Minha língua continuou a trabalhar em sua boceta, dando uma leve pancadinha no clitóris dela, e bebendo seus sucos. Ouvi quando ela prendeu a respiração, e eu sabia que ela estava perto. Eu precisava que ela estivesse perto. Eu precisava me enterrar dentro dela, o corpo dela sincronizado com o meu, enquanto fazíamos amor. Enquanto minha língua continuava a foder com ela, ela gemeu, soltando um grito de puro êxtase, quando gozou, apertando minha língua.

Me levantei e reivindiquei sua boca. Eu não me importava. Não me importava que seus fluidos estavam por toda a minha boca; ela me deixava com fome pelo seu gosto - todos os seus gostos.

Coloquei-a no chão, tateando o bolso da minha calça jeans, que ainda estava em volta dos meus tornozelos, e peguei um preservativo. Senti-me imóvel, não sendo capaz de espalhar mais amplas as minhas pernas, o suficiente para que eu pudesse empurrar nela, então, rapidamente arranquei meus sapatos e tirei minha calça e cueca.

Me sentei no assento do vaso sanitário fechado, e puxei Spencer para mim. Eu precisava dela descendo profundamente em mim, sua boceta quente aquecendo meu pau enquanto ela me cavalgava.

— Sempre preparado, notei — ela disse.

— Sempre, quando estou com você. Eu não consigo ter o suficiente de você.

— Eu também.

Ela tirou a calcinha e a atirou na pilha das minhas roupas, puxou o vestido o suficiente para montar nas minhas pernas, e depois afundou no meu eixo dolorido. Ela me cavalgou, usando suas pernas para dar impulso para cima e para baixo.

— Porra, amor! — eu gemi.

Ela me excitava. Isso me fez esquecer as minhas preocupações. Não havia nenhum outro lugar que eu queria estar. Eu precisava estar aqui, com ela. Ela era a pessoa certa pra mim, e eu nunca ia parar de mostrar isso a ela.

Agarrei a bunda dela, minhas mãos trabalhando para cima e para baixo em suas costas, enquanto ela continuava a me cavalgar, me ordenhando com sua boceta apertada. Não queria que ela parasse. Eu amava a forma que ela assumia o controle, usando seu corpo para deslizar no seu próprio ritmo - seu próprio prazer, e eu sabia que ela estava perto. Eu podia sentir sua boceta apertando em volta do meu pau. Era como se ela me dissesse isso, e foi o suficiente para eu empurrar tudo dentro.

— Eu vou gozar — ela sussurrou.

— Eu também.

Pela primeira vez, eu gozei antes de Spencer. Eu não consegui segurar, mas ela rapidamente me seguiu ao clímax. Enquanto a nossa respiração voltava ao normal, ela descansou a cabeça no meu ombro e disse: — Eu te amo.

— Eu também te amo — afirmei, dando um beijo em seu ombro nu.

⋈

Finalmente, recebi um e-mail de Christy na noite anterior à sua consulta médica. Eu não sei se ela fez isso porque pensou que eu não iria, mas eu não ia deixá-la ter essa vantagem. Eu disse a ela que estaria lá, e então, contei a Spencer sobre a consulta. Para minha surpresa, ela queria ir. Eu precisava dela lá.

Quando chegamos ao consultório do médico, Christy já estava na sala de espera. Nós não conversamos enquanto a esperávamos ser chamada. Quando chegou sua vez, ela se virou para mim e disse que não me queria lá. Tentei protestar, mas a enfermeira me disse que a decisão cabia a ela, uma vez que era um exame muito íntimo.

Não me interessava vê-la. Eu só queria ver meu filho. Eu queria ter toda a experiência do meu primeiro filho, mas, em vez disso, Christy estava me restringindo. Eu segurei a mão de Spencer. Estava tão grato que ela veio comigo e... não sei como eu conseguiria passar por tudo isso sem ela. Minha perna balançava para cima e para baixo, eu estava nervoso sobre o que o médico diria. Eu não sabia nem para o que era essa consulta, mas eu não me importava. Eu não queria que Christy dissesse que eu era um péssimo pai, antes mesmo que meu filho nascesse.

Quando Christy finalmente saiu, olhou para mim com um olhar furioso e me disse que eu precisava pagar a consulta. Eu odiei toda a situação. Nunca pensei que teria um filho sem estar casado. Eu queria me casar com o amor da minha vida e então construir uma família.

Depois que eu paguei e saímos do consultório para o corredor, Christy se virou para nós, empurrando algo no meu peito. — Aqui — ela disse e se afastou.

Parecia a mesma imagem que ela me mostrou algumas semanas antes, mas desta vez tinha escrito "bebê Montgomery" com a data e a hora, na parte superior, e você podia ver o que parecia ser uma cabeça e um corpo em desenvolvimento.

Bebê Montgomery. Meu filho.

— É o seu bebê — Spencer disse.

Olhei nos olhos dela; eles estavam brilhantes, assim como os meus. Nós dois estávamos prestes a chorar. Não era assim que as coisas deveriam ser. Eu não podia lutar contra a dor por mais tempo. Eu não me importava que "homens" não choram. Assim que Spencer - o amor da minha - envolveu seus braços ao redor do meu pescoço, eu me perdi. Choramos juntos.

Nós passaríamos por isso - juntos.

Treze

*A dor é inevitável.
O sofrimento é opcional.*

Meus pais vieram para uma visita rápida, no caminho deles para o Havaí, onde iam passar férias. Adorei vê-los. Exatamente como pensei, minha mãe ficou em êxtase por se tornar avó. Ela e meu pai se apaixonaram pela Spencer. Eles nunca tinham conhecido uma garota que eu namorei, desde Trista. Eu não tinha certeza de como eles reagiriam ao seu "menino de ouro" tendo um filho sem estar casado, mas foi muito melhor do que eu pensei.

Spencer e eu nos reunimos com Ryan e Max e, enquanto esculpíamos as abóboras, assistimos o Giants vencer a World Series. Eu quase não consegui acreditar que ele venceu o campeonato. As playoffs foram uma corrida difícil para o Giants, mas, quando chegou a hora, ele venceu todos os quatro jogos e conquistou o título.

No Halloween, Spencer apareceu na minha casa vestida como uma policial sexy. Ela nunca deixava de me surpreender, e naquela noite, eu a fodi enquanto ela estava algemada e amarrada à minha cadeira da sala de jantar. Eu senti falta da sensação das mãos dela no meu cabelo, mas, naquela noite, eu a fiz gozar três vezes seguidas.

No feriado de Ação de Graças, nós visitamos os pais dela no centro de Los Angeles. Eu não estava nervoso com esse encontro; eu queria conhecê-los. Quanto mais Spencer me quisesse em sua vida, melhor. A cada dia, eu ainda temia que ela fosse correr. Não poderia culpá-la se ela quisesse. Eu não tinha ouvido falar de Christy desde o dia da consulta médica e, honestamente, eu não me importava. Ela não estava me pedindo dinheiro, e isso era uma coisa boa.

Enquanto Spencer, sua mãe e irmã faziam o jantar de Ação de Graças, eu assisti o Dallas Cowboys com o pai dela e o namorado da sua irmã, Chris. Eu estava tendo um bom relacionamento com todos eles, o que apenas me provou mais ainda que Spencer era a garota certa para mim. Não me incomodava o fato de só estarmos namorando há quase três meses. Três meses foi o relacionamento mais longo em que eu tinha estado, em desde o colegial.

— Então, Brandon, vamos acabar logo com essa merda — Kevin, o pai de Spencer, disse quando Chris saiu da sala. — Você ama a minha filha?

Eu nem sequer precisei pensar antes de responder: — Sim, senhor, eu amo a sua filha.

— Eu me preocupo com ela em São Francisco.

— Senhor, não precisa se preocupar. Eu não vou deixar que nada aconteça a ela. — Eu quis dizer isso. Se algo vier a acontecer com Spencer, isso iria me esmagar.

— Por favor, me chame de Kevin e eu acho que confio em você. Eu nunca conheci esse cara, o Travis, mas, pelo que eu percebi, ele não dava muita importância a Spencer.

— Eu o conheci e nunca vou tratar Spencer da maneira como ele a tratava. Você tem a minha palavra.

— Você parece ser um cara muito legal, mas, se algo acontecer com a minha menina... Digamos apenas que tenho amigos.

Nós dois rimos. Se eu traísse Spencer, eu cortaria meu próprio pau.

— Kevin, eu amo muito a sua filha e espero que um dia nós sejamos uma família.

— Você quer se casar com a minha filha? Pelo que eu entendi, vocês só namoram há alguns meses.

— Eu quero me casar com ela, mas eu sei que é cedo demais. Mas eu não vejo meu futuro sem ela. Ela é a minha rocha. Ela é inteligente, engraçada, a mulher mais linda que eu já vi, uma boa dançarina...

— Brandon, você não precisa mostrar todas as qualidades femininas dela para mim. Eu entendi. Mas você está avisado. Agora, vamos ver por que Chris está demorando tanto com a cerveja.

)(

Quando voltamos de São Francisco, na segunda-feira seguinte, eu recebi um telefonema de Paul, dizendo que precisávamos ir para Seattle assinar todos os documentos e receber as chaves da academia. Eu não queria deixar Spencer, mas seria somente por uma noite, e Jason e eu tínhamos trabalhado duro para conseguir fazer funcionar este acordo - e pagado um bom dinheiro por ele também.

Spencer estava, lentamente, levando suas coisas para o meu apartamento, e antes do Natal, eu queria que ela fosse morar comigo. Passávamos todas as noites juntos, mas eu queria que fosse oficial. Eu não queria mais ter que andar na ponta dos pés para não incomodar a Ryan. Eu gostaria que Spencer chamasse a minha casa de lar. Embora a verdade é que eu tinha coisas guardadas na casa de Spencer também, mas eu queria juntar todas as nossas coisas, e no meu apartamento.

Horas antes do meu embarque para Seattle, Spencer fez a minha noite com ela inesquecível. Eu odiava deixá-la, mas ao mesmo tempo, era bom vê-la me dando prazer, agindo como se ela necessitasse disso ou como se eu fosse conhecer alguém. Isso nunca aconteceria.

Quando Jason e eu desembarcamos em Seattle, fomos direto para a academia e nos reunimos com o corretor imobiliário do proprietário. Depois que assinamos os papéis e recebemos as chaves, Jason e eu tivemos uma reunião com o gerente e os funcionários da academia. Todo mundo ainda estava empregado, a academia continuava funcionando, e ela estava indo à falência. Jason e eu planejávamos consertar isso.

Mantivemos todos os funcionários e dissemos a eles que, lentamente, as coisas iriam mudar. Nós planejávamos inaugurar o *Club 24* oficialmente em primeiro de janeiro e faríamos a alteração do nome, tudo ao mesmo tempo. Nós não estávamos preparados para ampliar os horários da academia até que Ben chegasse com sua equipe e reformasse o espaço completamente. A equipe dele iria trabalhar durante a noite, interruptamente, enquanto a academia estava fechada, e mudar o visual para os moldes das academias que Jason e eu tínhamos.

A academia seria como todas as nossas outras. Seria um estabelecimento único, que tivesse de tudo, um lugar onde queríamos que as pessoas passassem o dia - não apenas viessem por uma hora e fossem embora. Era como se fosse um bar; quanto mais tempo as pessoas permanecessem no local, mais dinheiro elas gastariam.

Pouco antes de Jason e eu estarmos prestes a ir jantar, minha menina ligou.

— Oi, amor — eu respondi.

— Oi...

— O que há de errado?

Percebi que algo estava errado apenas por seu tom.

— Eu tenho algo para te contar — ela suspirou.

Comecei a pirar um pouco. Ela estava me deixando? Ela finalmente teve o suficiente e não queria me ajudar a criar meu filho? Eu estava a mais de oitocentos quilômetros de distância dela e não poderia consertar o que quer que fosse que ela precisava me contar.

— Tudo bem?

— Em Vegas, Ryan e eu conhecemos dois caras... — *Eu estava errado, as meninas se envolveram com caras em Vegas - e não era eu* — não aconteceu nada além de nós darmos a eles nomes falsos e dançarmos com eles na noite de sábado antes de nós encontrarmos com você na sala de High Roller. — Deixei escapar um suspiro enquanto ela continuou. Eu não estava errado. — De qualquer forma, nós pensamos que era só isso, mas na última vez que você esteve em Seattle, eu esbarrei com o cara, Trevor, no MoMo. Ele disse que estava lá a negócios e ainda me chamou pelo meu nome falso. Max apareceu naquela noite, se você se lembra, e tivemos que fingir que ele era irmão de Ryan e fomos embora. Bem... agora que você está em Seattle, de novo, o mesmo cara apareceu - desta vez no estacionamento do *Club 24*.

— O quê? — eu gritei, fazendo com que Jason se assustasse.

— Eu perguntei sobre ele estar novamente em São Francisco; ele disse que foi transferido pelo seu emprego e agora está morando aqui.

— Você está falando sério? — perguntei. Eu estava tentando manter a calma e não assustá-la mais, mas algo não se encaixava pra mim, e o fato dela estar apavorada me deixou mais preocupado.

— Sim, eu não fiquei lá para descobrir o porquê, ou qualquer coisa. Eu disse a ele que tinha que pegar o ônibus, e ele me ofereceu uma carona, mas saí correndo depois de dizer não e que eu tinha namorado.

— Eu não quero que você vá para a academia sozinha, a partir de agora. Vou descobrir o nome dele e revogar a sua adesão.

— Olha, isso é o mais estranho. Eu o vi depois que entrei no ônibus, e ele não entrou. Ele foi embora. Era como se estivesse esperando por mim.

Minha respiração ficou presa. Prometi ao pai de Spencer que iria cuidar dela, e agora um cara a estava perseguindo e eu não podia fazer nada, porque eu estava a quilômetros de distância. — Eu vou falar com Jason e vamos contratar seguranças — eu disse, olhando para ele. Suas sobrancelhas franziram, me perguntando em silêncio o que diabos estava acontecendo. Balancei minha cabeça, indicando que eu diria a ele quando desligasse o telefone. — Você está bem? Onde está você agora?

— Sim, eu estou bem. Estou em casa, e Ryan ligou para o Max. Ele vai passar a noite aqui.

— Bom. Se por qualquer motivo isso acontecer de novo, é melhor não, volte para dentro e chame Jay ou Lucas para ajudar você.

— Eu farei isso. Foi tudo bem aí com a academia? — Spencer perguntou.

Nós conversamos sobre a academia, e no momento em que finalizamos a ligação, eu acho que nós dois estávamos mais relaxados sobre o perseguidor. Segunda-feira eu examinaria as câmeras de segurança e conseguiria ver a cara desse idiota.

※

— Não estou gostando disso — eu disse a Jason, no avião de volta para casa.

— Eu também não. Becca vai sozinha o tempo todo.

— Eu sei... Caralho!

— Nós precisamos de seguranças.

— Eu sei e hoje à noite?

— Vamos sair para jantar quando chegarmos em casa e amanhã verificamos tudo. Não há sentido em arruinar a nossa noite.

Jason estava certo. Não havia nada que pudéssemos fazer esta noite. Nós não poderíamos contratar pessoas - bem, nós provavelmente poderíamos, mas tínhamos planos de sair com as nossas meninas e comemorar que finalmente recebemos as chaves da academia de Seattle.

— Tudo bem, mas amanhã me encontre lá, cedo. Quero rever as câmeras de segurança.

— Eu também.

Nós desembarcamos no aeroporto de São Francisco e depois de tirar o meu celular do modo avião, chegou um SMS da Spencer:

Spencer: *Oi, amor, estou quase chegando na sua casa. Deixei meu vestido lá, então, você precisa me pegar na sua casa. Saudades.*

Eu: **Eu também. Desembarcamos nesse momento, devo chegar aí em 45 minutos mais ou menos e depois iremos pegar Becca. Tome cuidado e tranque a porta!**

Eu não sabia se o cara da noite anterior ainda a estava seguindo, mas eu não queria que nada de mal acontecesse a ela. Eu odiava que ela tivesse que andar de ônibus, mesmo que eu soubesse que era mais fácil para ela. Mas eu ia mudar isso, com certeza. Eu faria o impossível para mantê-la segura.

Depois de pegar o carro de Jason e sair do estacionamento, nós nos dirigimos para buscar Spencer no meu apartamento para sairmos para jantar. Eu mal podia esperar para vê-la. Desde que Spencer me disse que precisava ir até a minha casa pegar aquele vestido - o vestido que eu adorava - o vestido que me deixaria duro como uma rocha a noite toda, eu estava ansioso para vê-la.

Seguimos pelo trânsito, fazendo o nosso caminho para o meu bairro. À medida que nos aproximávamos, caminhões de bombeiros, ambulâncias e carros de polícia passavam correndo por nós, nos levando ao acostamento para abrir caminho. Meu telefone tocou no meu bolso, e, quando eu o puxei para fora, vi o rosto de Spencer na tela, e um sorriso se espalhou pelo meu rosto.

— Deixe eu adivinhar...

— Sim, Spencer — eu disse, rindo. Acho que eu tinha uma espécie de tique; cada vez que ela ligava, eu sorria. — Oi, amor, Jason e eu estamos no fim da rua. Há alguma confusão com policiais e caminhões de bombeiros, por isso estamos parados no trânsito para deixá-los passar — eu disse, respondendo ao meu celular.

— Bra... andon... — sua voz falhou. Meu coração parou.

— Spencer, o que há de errado? Você nunca me chama pelo meu nome.

— Eu... Eu acho que... Eu acho que eu matei o seu bebê. — Eu podia ouvi-la chorar no telefone. Meu coração se partiu. Não estávamos muito longe do meu apartamento, e eu queria que Jason acelerasse e passasse por cima de todos. Minha menina precisava de mim. Meu filho precisava de mim.

— O que você disse?

— Christy invadiu...

— Ela o quê? Fique aí, eu estou quase chegando. Christy invadiu meu apartamento. Eu tenho que ir! — Abri a porta do lado do passageiro e comecei a correr. Corri mais rápido do que jamais corri em toda a minha vida. — Amor, eu estou literalmente a um quarteirão de distância. Você se machucou?

— Não.

— Onde está Christy?

— Ela está deitada no chão sem se mexer; há sangue por toda parte.

— Fique comigo no telefone, amor. Apenas continue falando comigo até eu chegar aí.

Catorze

*A dor é inevitável.
O sofrimento é opcional.*

Minhas pernas não conseguiam me levar rápido o suficiente. Eu podia ouvir Spencer chorando ao telefone. Pessoas caminhavam pela rua, desciam do trem, caminhavam a pé do trabalho para casa, caminhavam para jantar - parecia que elas estavam por toda parte.

Quando me aproximei do meu prédio, vi os caminhões de bombeiros, ambulâncias e carros de polícia que haviam passado por mim e Jason apenas alguns minutos antes. Meu coração estava disparado no meu peito.

— Eu preciso desli...

— Não, eu estou quase aí. Estou no elevador. — Eu ofegava, tentando recuperar o fôlego.

— Um paramédico quer falar comigo — ela disse.

— Tudo bem. — Desliguei com Spencer, pressionando o número do meu andar repetidamente. Parecia que tinham se passado horas, antes de finalmente chegar ao meu andar.

Nada parecia fora do lugar. Minha porta não estava arrombada, nenhuma madeira estava quebrada, nenhum vidro, nada. No momento em que eu corri pela porta e vi Christy, que estava deitada na parte inferior da minha escada, coberta de sangue, é que a gravidade da situação me atingiu.

Christy tinha invadido. Ela tinha, obviamente, tentado ferir Spencer e Spencer... Olhei para cima da escada, meus olhos bloqueando com os olhos castanhos que eu sonhava, e então meus pés começaram a se mover, subindo dois degraus de cada vez, em direção a ela. Eu precisava abraçá-la e nunca mais soltá-la.

— Graças a Deus você está bem. Diga-me o que aconteceu — falei, abraçando-a.

— Eu saí do chuveiro, e a ouvi entrar. Pensei que fosse você. Achei que Jason estava com você também, então eu rapidamente coloquei meu jeans e minha blusa para dizer a vocês dois que eu precisava de mais tempo e que eu ainda não estava pronta para sair para jantar. Quando saí do quarto, eu a vi subindo as escadas.

Notei então que o cabelo de Spencer ainda estava molhado e ela estava de calça jeans e blusa ao invés do vestido que ela tinha voltado para o meu apartamento para buscar.

— Como é que ela entrou? A porta parece bem.

— Ela tinha a chave.

— O quê?

Antes que Spencer pudesse terminar, um policial subiu as escadas para falar com ela. Jason entrou no momento em que Spencer começou a contar ao policial o que tinha acontecido.

— Eu saí do quarto e a vi subindo as escadas. Perguntei o que ela estava fazendo aqui e ela disse que queria conversar.

— Você a conhece? — o policial perguntou.

— Sim. Ela é ex-namorada de Brandon. — Ela apontou para mim. — Ele é o pai do filho dela.

— Ela está grávida? — o policial perguntou.

— Sim.

— E ela não deveria estar aqui?

— Não, Brandon mora aqui — ela disse.

— Nós terminamos há meses. Eu não tenho notícias dela há quase dois meses. Eu não sei como ela conseguiu entrar — eu disse.

— Ela tinha a chave — Spencer disse. — Eu ouvi isso dela.

— Você ouviu? — perguntei.

— Ela tem me mandado mensagens de textos.

— O quê? Por que você não me contou? — eu questionei.

— Porque isso era uma estupidez... ou assim eu pensava. Na sua última, ela disse: "Você está preparada?". Eu nem sei o que isso significa. Eu nunca respondi suas mensagens, além daquela vez que você respondeu do meu celular, no meu aniversário.

— Meu amor... — eu disse, trazendo-a mais para perto de mim.

Como Christy conseguiu minha chave? Eu nunca lhe dei uma. Como ela pensou que ia fugir depois de ferir Spencer?

Encontrando Spencer

Tantos pensamentos passaram pela minha cabeça enquanto eu ouvia Spencer conversar com o policial e contar o que aconteceu.

Puxou uma faca. Ia matá-la. Elas lutaram onde estávamos sentados. Ela vinha planejando isso há semanas. Eliminar o corpo de Spencer. Ela disse que teve ajuda. Christy caiu da escada, sua própria faca apunhalando-a no estômago... onde o meu filho estava.

)X(

Era como se eu estivesse vivendo o meu próprio episódio de *Law & Order*, mas, enquanto nos dirigíamos para o hospital, agradeci a Deus, porque Spencer tinha sobrevivido. Nós ainda estávamos ganhando a guerra. A guerra que Christy não desistiria.

Eu não podia acreditar que Spencer queria ir para o hospital. Eu sabia que nem ela acreditava, mas ela estava fazendo isso por mim. Pelo meu filho.

— Tem certeza que você está bem com isso? — perguntei, segurando apertado a mão dela, durante o trajeto para o hospital.

— Sim, todo mundo vai estar lá. Eu quero estar lá.

— Eu te amo tanto, Spencer. Eu sinto muito.

— Não é culpa sua. Christy precisa de ajuda. Agora, espero que ela peça ajuda.

Quando chegamos ao hospital, eu verifiquei no pronto socorro e me foi dito para esperar até que um médico pudesse nos dar uma atualização sobre como Christy e meu bebê estavam passando.

Nós esperamos e esperamos. Jason e Becca chegaram, seguidos por Ryan e Max. Spencer contou o terrível evento; Becca e Ryan respiraram fundo várias vezes. Cada uma a abraçou várias vezes, apenas agradecendo por ela não ter se ferido. Em momento algum soltei sua mão. Eu não podia. Eu tive flashes na minha cabeça de Spencer deitada na poça de sangue e não Christy. Se as coisas tivessem sido diferentes, eu provavelmente estaria em busca de Christy para matá-la. Dane-se que ela estava grávida. Eu, com certeza, não estaria pensando com clareza.

Eu não sabia como Spencer ainda conseguia ser forte. Talvez ela ainda estivesse em choque. Eu estava. Eu não a deixaria ver o quanto eu estava abalado pela provação, porque eu não quero que ela perca a sua força, especialmente em público. Eu tinha que ser sua rocha. Eu estraguei tudo e não a protegi, e eu só precisava ser forte por ela.

Finalmente, depois de esperar várias horas, uma médica veio falar conosco. Ela estava relutante em falar comigo porque não éramos da família de Christy, mas eu só tinha uma pergunta para ela.

— Como está o bebê, doutora? — perguntei.

— Bebê? — A médica fez uma pausa e olhou para o formulário. — Eu sinto muito, eu não posso lhe dar qualquer informação. Você precisa falar com a Sra. Adams a respeito.

Virei-me para Spencer, levantando as sobrancelhas. *Porque a médica questionou sobre o meu filho?* Virei a cabeça de volta para a médica. — Por favor, Dra. Ames, me diga se o meu filho está bem — eu implorei. Eu precisava saber.

— Senhor, eu gostaria de poder dizer mais, no entanto, devido à confidencialidade entre médico e paciente, não posso dar qualquer informação. Você precisa falar com a Sra. Adams.

— Bem, quando podemos vê-la? — perguntei.

— O horário de visita da noite está quase no fim e a Sra. Adams está na Unidade de cuidados pós-anestesia. Ela não será capaz de receber visitas até amanhã de manhã, às oito horas.

Agradecemos à médica e viramos para os nossos amigos, que estavam sentados atrás de nós.

— Quanto você quer apostar que ela esteve fingindo a gravidez o tempo todo? — Jason disse.

Quando saímos do hospital, fomos para a casa da Spencer, e ela finalmente começou a desmoronar. Ela ficou em silêncio, mal comeu a pizza que pedimos, e, em seguida, ficou tão fora do ar que nem conseguia tirar a roupa para ir para a cama. Eu a ajudei a vestir o seu pijama e a abracei com força enquanto nós dois tentávamos dormir, e eu agradeci a Deus por não perdê-la.

Na manhã seguinte, chegamos ao hospital um pouco antes das oito horas. Perguntei no posto de enfermagem em que quarto Christy estava, e quando finalmente o encontrei, vimos uma enfermeira sair e fechar a porta atrás dela. Abri lentamente a porta enquanto segurava a mão de Spencer. Eu precisava dela comigo, fase após fase. Se Christy perdeu o bebê, eu poderia seguir em frente com minha vida. Seguir em frente com Spencer. Mas se ela ainda estivesse grávida, eu não sabia se ela daria à luz na prisão. *Onde eu tinha errado?*

Entramos no quarto; a primeira cama estava com uma cortina em volta. Olhei para dentro e em seguida me virei para Spencer, balançando a cabeça indicando que não era Christy. Caminhamos até a segunda cama que não tinha uma cortina em volta. Christy estava deitada com os olhos fechados, dormindo. Spencer pegou o prontuário médico no final da cama e o leu rapidamente, tentando evitar confusão caso a enfermeira retornasse.

Ela bateu o prontuário em cima da mesa em frustração, me fazendo saltar.

— Desculpe — ela sussurrou. — O prontuário diz que ela nunca esteve grávida.

Christy se moveu, e eu me virei para ela. Eu estava puto. Como ela podia ser tão fodida da cabeça e eu nunca vi os sinais. Ela me assediou. Assediou Spencer. Fingiu uma gravidez e tentou matar Spencer.

Os olhos de Christy abriram, e quando nos viu ali, começou a gritar. Me inclinei e cobri sua boca. Não havia nenhuma maneira que eu iria embora sem ela ter que escutar.

— Nós não estamos aqui para te machucar, Christy. Eu só quero algumas respostas - respostas *honestas* — eu disse. — Quando eu retirar minha mão, você promete que não vai gritar?

Christy lentamente assentiu com a cabeça e olhou para Spencer. Spencer estava olhando para ela - e também estava muito irritada. Não tiro a razão dela. Tirei minha mão de sua boca e ela não gritou.

— Nós não vamos demorar. Só quero saber por que você inventou a gravidez — falei rispidamente.

— Eu... Eu pensei que poderia ter você de volta — ela sussurrou com a voz rouca.

— Mas você nunca esteve grávida. Você não acha que eu teria percebido?

— Eu estava... Eu ia fingir ter um aborto espontâneo, quando voltássemos a ficar juntos.

— Nós nunca iríamos voltar a ficar juntos.

— Eu percebo isso agora. — Christy inclinou a cabeça desanimada.

— E é por isso que você tentou matar Spencer?

Ela fez uma pausa e engoliu em seco antes de responder. — Sim.

— Você está com a cabeça realmente fodida, sabia disso? — Christy começou a chorar. — Veremos você no seu julgamento, Christy — eu disse e virei para sair pela porta.

Spencer puxou minha mão para me deter. Ela se virou para Christy. — Eu só tenho uma pergunta. Como você conseguiu o ultrassom?

Ela não respondeu a princípio. Então, finalmente falou: — Minha amiga trabalha em um consultório médico. Ela imprimiu o ultrassom de alguém e deu para mim.

Eu bufei em desgosto, em seguida, puxei a mão de

Spencer e saímos do quarto sem dizer uma palavra para ela.

Recebi um telefonema de que meu apartamento estava liberado e que eu poderia voltar para ele. Meu maldito apartamento. Fomos direto para lá. Eu queria ter certeza de que tudo estava trancado, que nada foi roubado, e ver o quão danificado ficou o meu piso de madeira com o sangue de Christy.

Eu removi a fita e destranquei a porta. Nós dois paramos.
— Tem certeza de que você quer ver isso? — perguntei.

— Não, mas nós já estamos aqui. Nós precisamos limpar tudo e seguir em frente.

— Amor, você não tem que ser forte o tempo todo. Eu posso limpar.

— Eu sei. Está tudo bem, eu posso lidar com isso.

Nós limpamos o piso por mais de uma hora. Água e sabão não resolveram. Meu piso já estava arruinado pelo sangue de Christy, e eu não acho que água e sabão poderiam prejudicar ainda mais. Eu não sabia como remover o sangue. Não importava o quanto nós limpávamos, o círculo de sangue ainda estava cravado na madeira.

Eu estava cansado. Eu precisava de uma pausa, e precisava abraçar Spencer. Eu precisava que ela fosse morar comigo para que eu pudesse cuidar dela - para sempre. Agarrei a mão dela, levando-a até o meu sofá.

— Eu vou ligar para alguém vir limpar isso amanhã.

— Ok — ela disse inclinando-se para o meu lado. Eu sabia que ela estava cansada. Ela tinha que estar mais exausta do que eu, mental e fisicamente.

— O tempo que estamos aqui está me matando por dentro. Tudo o que eu consigo pensar é na história que você me contou sobre o que Christy fez e depois ver seu corpo deitado no final da escada.

— Eu também — ela sussurrou.

— Eu... Eu quero vender este apartamento e me mudar — eu disse.

— Ok, eu entendo completamente.

— Eu quero que *nós* compremos uma casa juntos. Vem morar comigo?

Continua em

Tudo o que eu desejo - B&S 2

Agradecimentos

Primeiramente, eu gostaria de agradecer ao meu marido por me apoiar nesta jornada. Você é a minha rocha, o meu mundo e meu coração. Eu te amo, você sabe, né?

À minha mãe, obrigada por se tornar minha assistente e aprender os truques da sua nova profissão. Eu amo a nossa união e o fato de passarmos tanto tempo juntas. Eu não mudaria isso ou quem é a minha assistente.

À minha melhor amiga, Audrey Harte. Obrigada por sempre me apoiar. Quando nós vamos comer cheesecake e passar o dia no SPA Burke Williams??

Às minhas betas Brandi Flanagan, Felicia Castillo, Gina Whitney, Jasmine Stells, Kerri McLaughlin, Lisa Survillas, Loralee Bergeson, Michele Hollenbeck, Stacey Nickleson e Trista Cox Ward, obrigada. Obrigada por amarem Brandon e Spencer, por dedicaram seu tempo para me ajudarem com o POV dele. Isso realmente significa muito. Ter fãs como vocês é incrível!

Para Liz Christensen, da E. Marie Photography, obrigada por encontrar David e Rachael para as capas, não só de Encontrando Spencer, mas de todos os livros da série. Acho que consegui uma excelente equipe e mal posso esperar para trabalhar com você novamente no futuro!

Dr. Santa Lucia, também conhecido como David, obrigada por ser 1000% comprometido em fazer a sessão de fotos para a capa da Série B&S. Eu ainda me sinto mal porque você não pôde tomar um drinque em Las Vegas. Fico te devendo. Eu vou lhe comprar alguns, se conseguirmos ir a Vegas juntos. Mal posso esperar para sermos companheiros de viagem!

Rachel, eu vou verificar minha caixa de correio diariamente e quero ser convidada para a festa de despedida!

Entre em nosso site e viaje no nosso mundo literário.
Lá você vai encontrar todos os nossos
títulos, autores, lançamentos e novidades.
Acesse www.editoracharme.com.br

Além do site, você pode nos encontrar em nossas redes sociais.

https://www.facebook.com/editoracharme

https://twitter.com/editoracharme

http://www.pinterest.com/editoracharme

http://instagram.com/editoracharme